AF362824

Ludwig Tieck

Peter Lebrecht - Eine Geschichte aus vergangener Zeiten

e-artnow 2018

Conrad Ferdinand Meyer
Gesammelte Werke: Historische Romane + Gedichte + Novellen (323 Titel in einem Buch): Das Amulett + Der Schuß von der Kanzel + ... + Gustav Adolfs Page und viel mehr...

Laurence Sterne
Leben und Ansichten von Tristram Shandy, Gentleman: Leben und Meinungen des Herrn Tristram Shandy

Aristophanes
Die Vögel

Johann Karl Wezel
Belphegor

Theodor Berthold
19 Lustige Gymnasialgeschichten: Pipin der Kleine, Strand und Sand, Ludwig das Kind, Friedrich der Weise und mehr

Alexandre Dumas
Jakob I. und Jakob II.

José Maria Eça de Queiroz
Die Reliquie

Carlo Goldoni
Der Diener zweier Herren

Johann Karl Wezel
Gesammelte Werke: Romane & Erzählungen: Robinson Crusoe, Belphegor, Herrmann und Ulrike, Lebensgeschichte Tobias Knauts, Kakerlak, ...der Lustige, Die Unglückliche Schwäche...

Joachim Ringelnatz
Die Flasche und mit ihr auf Reisen: Eine autobiographische Seemannsballade

Ludwig Tieck

Peter Lebrecht - Eine Geschichte aus vergangener Zeiten

Eine lustige Klostergeschichte

e-artnow, 2018
Kontakt: info@e-artnow.org
ISBN 978-80-273-1166-8

Inhaltsverzeichnis

Erster Teil

Erstes Kapitel
Vorrede

Lieber Leser, du glaubst nicht, mit welcher innigen Wehmut ich dich diese Blätter in die Hand nehmen sehe, denn ich weiß es voraus, daß du sie wieder wegwerfen wirst, sobald du nur einige flüchtige Blicke hineingetan hast. Da mir aber deine Bekanntschaft gar zu teuer ist, so will ich wenigstens vorher alles mögliche versuchen um dich festzuhalten; lies daher wenigstens das erste Kapitel, und wenn wir uns nachher nicht wiedersehen sollten, so lebe tausendmal wohl. –

Um deine Gunst zu gewinnen, müßte ich meine Erzählung ungefähr folgendermaßen anfangen:

»Der Sturmwind rasselte in den Fenstern der alten Burg Wallenstein. – Die Mitternacht lag schwarz über dem Gefilde ausgestreckt, und Wolken jagten sich durch den Himmel, als Ritter Karl von Wallenstein auf seinem schwarzen Rosse die Burg verließ, und unverdrossen dem pfeifenden Winde entgegentrabte. – Als er um die Ecke des Waldes bog, hört er neben sich ein Geräusch, sein Roß bäumte, und eine weißliche Schattengestalt drängte sich aus den Gebüschen hervor.« – – –

Ich wette, du wirst es mir nicht vergeben können, daß ich diese interessante abenteuerliche und ungeheuerliche Geschichte nicht fortsetze, ob ich gleich, wie das der Fall bei den neueren Romanschreibern ist, selbst nicht weiß, wie sie fortfahren, oder gar endigen sollte.

In medias res will ich gerissen sein! rufen die Leser, und die Dichter tun ihnen hierin auch so sehr den Willen, daß ihre Erfindungen weder Anfang noch Ende haben. Der Leser aber ist zufrieden, wenn es ihm nur recht schauerlich und grauerlich zumute wird. Riesen, Zwerge, Gespenster, Hexen, etwas Mord und Totschlag, Mondschein und Sonnenuntergang, dies mit Liebe und Empfindsamkeit versüßlicht, um es glatter hinterzubringen, sind ungefähr die Ingredienzien, aus denen das ganze Heer der neusten Erzählungen, vom Petermännchen bis zur Burg Otranto, vom Genius bis zum Hechelkrämer, besteht. Der Marquis von Grosse hat dem Geschmack aller Lesegesellschaften eine andere Richtung gegeben, aber sie haben sich zugleich an seinem spanischen Winde den Magen verdorben; mit Herrn Spieß hat man sich gewöhnt, überall und nirgends zu sein; und keine Erzählung darf jetzt mehr Anspruch machen, gelesen zu werden, wenn der Leser nicht vorhersieht, daß ihm wenigstens die Haare dabei bergan stehen werden.

Um kurz zu sein, lieber Leser, will ich dir nur mit dürren Worten sagen: daß in der unbedeutenden Geschichte meines bisherigen Lebens, die ich dir jetzt erzählen will, kein Geist oder Unhold auftritt; ich habe auch keine Burg zerstört, und keinen Riesen erlegt; sei versichert, ich sage dies nicht aus Zurückhaltung, denn wäre es der Fall gewesen, ich würde dir alles, der Wahrheit nach, erzählen.

Auch muß ich dir leider noch bekennen, daß ich mich in keine geheime Gesellschaft habe einweihen lassen; ich kann dir also keine mystischen und hieroglyphischen Zeremonien beschreiben, ich kann dir nicht das Vergnügen machen, Sachen zu erzählen, von denen du nicht eine Silbe verstehst. –

Musäus faßte die glückliche Idee, durch seine Volksmärchen das Gewimmere und Gewinsle der Siegwartianer zu übertönen. Es ist ihm auch wirklich so sehr gelungen, daß das *pecus imitatorum* unzählbar ist. Alles hat sich rasch die Tränen der Empfindsamkeit aus den Augen gewischt, die Zypressen und Myrten im Haare sind verwelkt, statt der Seufzer hört man Donnerschläge, statt eines *Billet doux* oder eines Händedrucks, nichts als Gespenster und Teufel! –

Das ist jetzt auf der großen Chaussee der Messen ein Fahren und Reiten! Hier ein Schriftsteller, der mit seinem Helden geradewegs in die Hölle hineinjägt; dort eine Kutsche, hinter der, statt des Lakais, ein glänzender Genius steht; dort galoppiert ein andrer, und hat seinen Helden auf dem Pferde vor sich; dort wird einer sogar auf einem Esel fortgeschleppt, und droht in jedem Augenblick herunterzufallen; – o Himmel! man ist in einer beständigen Gefahr, zertreten zu werden! – Wohin ich sehe, nichts als Revolutionen, Kriege, Schlachten, und höllische Heerscharen! – Nein, ich vermeide diese geräuschvolle Landstraße, und schlage dafür lieber einen kleinen Fußsteig ein – was tut's, wenn ich auch ohne Gesellschaft gehe; vielleicht begegnet mir doch noch ein guter unbefangener Mensch, der sich, ebenso wie ich, vor jenen schrecklichen Poltergeistern fürchtet! –

Aber wird es nicht bald Zeit werden, meine versprochene Geschichte anzufangen? – Ich sehe, die Leser, die mir noch übriggeblieben sind, fangen auch schon an zu blättern, und sich wenigstens nach einigen Vorfällen umzusehn. – Zuvor muß ich aber doch noch um eine kleine Geduld ersuchen. –

Ich weiß nämlich nicht, ob die Lektüre meiner Leser nicht zuweilen in manche Fächer hineingeraten ist, wo man sich daran gewöhnt, Schriftsteller recht viel von sich selbst sprechen zu hören. Doch, Sie werden ja wohl in manchen unsrer deutschen Journale bewandert sein.

Ich heiße, wie Sie vielleicht schon werden gemerkt haben, Lebrecht; ich wohne auf einem kleinen Landhause, in einer ziemlich schönen Gegend. Ich schreibe diese Geschichte also nicht aus einem Gefängnisse, noch weniger den Tag vor meiner Hinrichtung, ob es Ihnen gleich vielleicht außerordentlich vielen Spaß machen würde. Ich bin nicht melancholisch, noch engbrüstig, ebensowenig bin ich verliebt, sondern meine gute junge Frau sitzt neben mir, und wir sprechen beständig ohne Enthusiasmus oder zärtliche Ausrufungen miteinander; – ja, ich weiß am Ende wahrlich nicht, wo das Interesse für meine Erzählung herkommen soll. –

Sehn Sie, meine Geschichte ist zwar nicht ganz gewöhnlich und alltäglich, aber es fehlt ihr doch das eigentlich Abenteuerliche, um sie anziehend zu machen; – die einzige Hoffnung, meine schöne Leserinnen, die mir übrigbleibt, ist, daß Sie gerade von der Langeweile so geplagt werden, daß Sie mich aus bloßer Verzweiflung lesen.

Ich muß Ihnen also zuvörderst bekennen, daß ich ein Mitglied der katholischen Kirche bin. – Nicht wahr, Sie lachen über die albernen Vorurteile, daß ich dies noch mit in Anschlag bringe?

Freilich ist man jetzt so aufgeklärt, daß man gar keinen Unterschied unter den Religionsparteien mehr macht; man fängt selbst an, die Juden nicht mehr für eine andere Art von Menschen zu halten; die beliebten Unterredungen und Dispüten drehen sich alle um diesen Gegenstand; man schätzt jede andre Religion mehr, als die, zu welcher sich unsre Eltern bekennen, ohne weder mit der einen noch der andern Partei bekannt zu sein – o was haben wir nicht in den neuern Zeiten für Fortschritte in der Toleranz gemacht!

Aber ich habe nun schon viele der eifrigsten Bekenner der Toleranz gesehen, die einen andern Menschen darum haßten, weil er ein *Aristokrat* nach ihrer Meinung war; jener wütete wieder gegen den *Demokraten*.

Ach, die meisten Menschen müssen immer einen Titel haben, unter welchem sie leben können. Der verfolgte Parteigeist ist aus der Religion in die Politik übergegangen; der Himmel verhüte, daß wir hier nicht ebenso entehrende Verirrungen des menschlichen Herzens erleben! –

Ich bin also, um es dem Leser noch einmal zu wiederholen, *Katholik*; (Demokraten und Aristokraten kannte man in jenem Zeitpunkt noch nicht, in welchen meine Geschichte fällt;) und zum Verständnis dieser Geschichte ist es notwendig, daß der Leser die Rubrik wisse, unter welcher ich als Bekenner des Christentums stehe; darum wird er mir die Mitteilung dieser Nachricht verzeihen.

Ich erinnere mich mit Vergnügen der Vergangenheit; möge es dem Leser nicht beschwerlich fallen, mir zuzuhören.

Und nun zu meiner Geschichte. –

Diejenigen, die dies erste Kapitel gelesen haben, werden wahrscheinlich auch die folgenden lesen, denn ich habe mit Vorbedacht das langweiligste vorangestellt. –

Zweites Kapitel
Meine Jugend – Erziehung – Universitätsjahre – ich bekomme eine Hofmeisterstelle

Man sieht sogleich, daß ich mich nicht sehr bei der Erzählung meiner Jugendgeschichte aufzuhalten denke, ob sie gleich, in der Manier vieler unsrer Romanschreiber dargestellt, einen mäßigen Band füllen könnte. – Aber ich denke, das lesende Publikum hat schon seit lange genug und übergenug an den pädagogischen Untersuchungen, Erzählungen von Universitätsvorfällen, und dergleichen. Ich verstehe es nicht, alle diese Armseligkeiten wichtig zu machen, darum will ich nur schnell darüber hingehn. –

Als zuerst meine Gedanken erwachten, traf ich mich in einem kleinen Hause eines Dorfes. Ich erinnere mich noch deutlich einer Weide, die vor unsrer Türe stand, und in deren Zweigen der Schein der Sonne flimmerte. Ein bräunlicher Mann, den ich Vater, und eine sehr freundliche Frau, die ich Mutter nannte, waren meine täglichen Gesellschafter. Außerdem hatte ich noch einen Bruder und eine Schwester.

Ich lebte den einen Tag fort, wie den andern, und auf diese Art wird man nach und nach älter, man weiß selbst nicht wie es geschieht. Ich half meinem Vater in Kleinigkeiten auf dem Felde, oder meiner Mutter in der Wirtschaft, oder schlug mich mit meinem Bruder herum. Kurz, mir verging die Zeit sehr geschwind, und ich hatte nie Ursache über Langeweile zu klagen.

Meine Erziehung war die einfachste, und vielleicht auch die beste von der Welt. Ich stand früh auf, und ging früh wieder schlafen. An Bewegung fehlte es mir nicht; meine Mutter Marthe schlug mich zuweilen, wenn ich unartig war, trotz ihrer Freundlichkeit, sonst ließ sie mir allen möglichen Willen. Ich sprang, lief und kletterte; fiel ich, so war es meine eigene Schuld, und mein eigener Schade; bekam ich von einem größern Jungen, den ich geneckt hatte, Schläge, so bedauerte mich niemand; hatt ich mich am Abend unter meinen kleinen Freunden verspätet und erkältet, so war ich am folgenden Abend desto vorsichtiger.

Marthe hatte kein pädagogisches Werk studiert, aber sie erzog mich ganz nach ihrem geraden Menschenverstande, und ich danke es ihr noch heute, daß man mich nach keinem Elementarwerk oder Kinderfreunde, in keinem Philantropin oder Schnepfenthal verbildete, daß man mich nicht schon im sechsten Jahre zum Philosophen machte, um zeitlebens ein Kind zu bleiben, wie das bei so manchen Produkten unsrer modernen Erziehung der Fall ist. –

Die Gegend des Dorfes war schön und abwechselnd; und auf meinen einsamen Spaziergängen erwachte zuweilen ein gewisses dunkles Gefühl in mir, ein Drang, etwas mehr zu wissen und zu erfahren, als ich bisher gelernt hatte. Vorzüglich, wenn die Glocke die Leute zur Kirche einlud, und nun die alten Frauen, ihren Rosenkranz still betend, daherwackelten, befiel mich eine Art von heiligem Grauen, noch mehr aber, wenn der Priester nun selber kam, und sich jeder im Zuge ehrfurchtsvoll vor ihm neigte, und ich nachher aus der Ferne den Gesang aus der Kirche vernahm. – Bei jeder Mönchskutte empfand ich eine unwillkürliche Ehrfurcht, und trotz dieser entstand bald der Wunsch in mir, auch einst so einherzutreten, und von jedem Vorübergehenden den Zoll der Ehrerbietung einzusammeln. Ich hing im stillen diesem Wunsche immer mehr nach, und erwachte oft sehr unangenehm aus meinen schönen Träumen, wenn der Vater mich mit aufs Feld nahm, um ihm in seiner Arbeit zu helfen.

So tief liegt die Sucht, sich über seine Nachbarn zu erheben, in der Seele des Menschen. Ich schien auch für den Stand, den ich mir wünschte, wie geboren. In meiner Kindheit war es gar nicht meine Sache, viel über einen Gegenstand nachzudenken, oder wohl gar an irgend etwas zu zweifeln. Marthe mochte mir noch so ungeheure Märchen erzählen, ich hätte mich für die Authentizität des Siegfried und der Haimonskinder totschlagen lassen; jeden Fremden, den ich durch unser Dorf wandern sah, betrachtete ich sehr genau, ob es nicht etwa der ewige Jude Ahasverus sei.

Man erstaunte über meine großen und seltenen Talente zum geistlichen Stande; besonders gewann mich der Pater Bonifaz eines benachbarten Klosters sehr lieb. Er sah meine tiefe Andacht in der Kirche, die Festigkeit meines Glaubens, meinen Abscheu gegen jede Art von Ketzerei – o wie viel Mühe gab sich der gute Mann, mich vollends für die gute Sache zu gewinnen!

»Dieser Knabe«, rief oft Bonifaz in hoher Begeisterung, »ich ahnde es, wird einst ein Schutzgeist und Reformator der rechtgläubigen Kirche werden; ein Schwert in der Hand Gottes gegen die Ketzer, eine Geißel gegen die Freigeister und Gotteslästerer, ein Vernichter der Rezensenten und Literaturzeitungen, eine Qualmbüchse den Fackeln der Aufklärer!«

Ich verstand zwar von diesen Deklamationen nichts, aber doch nahm ich mir vor, die Prophezeiung meines teuren Bonifaz nicht zuschanden werden zu lassen.

Der Pater nahm itzt selbst die Mühe auf sich, mich zu unterrichten, da ich in der Schule des Dorfes kein vorzüglicher Gelehrter werden konnte. Er bemerkte bald, daß ihm meine Fähigkeiten den Unterricht sehr erleichterten, denn ich lernte in sehr kurzer Zeit Lesen und Schreiben, auch begriff ich bald so viel vom Lateinischen, daß ich meinem Lehrer sehr verfängliche Fragen vorlegte, die er sich nicht zu beantworten getraute.

Meine Eltern sahen mich als ein Wundertier an, und wurden ernstlich darauf bedacht, meine ungeheuren Talente nicht ganz verlorengehen zu lassen. Pater Bonifaz schlug ihnen vor, mich in die nächste Stadt auf ein Gymnasium zu schicken, und dieser Vorschlag ward bald von ihnen genehmigt. Als mir dieser Entschluß angekündigt ward, erfuhr ich zugleich einen andern Umstand, der eigentlich für mich von der größten Wichtigkeit hätte sein sollen.

Meine Mutter sagte mir nämlich, daß sie und mein Vater nicht meine *wahren*, sondern nur meine *Pflegeeltern* wären, daß sie mir aber den Namen meines wirklichen Vaters, verschiedener Ursachen wegen, nicht nennen könne; dieser wünsche indessen, daß ich mich dem geistlichen Stande widme, und wolle mich daher studieren lassen.

Diese Nachricht machte eben keinen besondern und bleibenden Eindruck auf mich, so überraschend sie vielleicht jedem andern Kinde gewesen sein würde. – Meine Eltern gaben mir ihren Segen und ihre Tränen mit auf den Weg, Pater Bonifaz hielt eine lange sehr rührende Rede, und ich reiste nach der Stadt ab.

In dieser Stadt war zugleich eine katholische Universität, und ich hatte also gleich die bequemste Gelegenheit, vom Schüler zum *Juristen* zu avancieren, denn so nannte man hier die Studenten, da man unter dem Namen *Student* jedweden Schüler begriff.

Man hatte mich an den Professor X… gewiesen, und dieser nahm sich meiner fast väterlich an; an ihn war das Geld adressiert, das ich vierteljährlich empfing; und ihm hab ich vorzüglich die Aufklärung meines finstern Kopfes zu verdanken. Er zerstreute nach und nach die schwarzen Phantome, die durch Bonifaz bei mir einheimisch geworden waren, ein Sonnenstrahl der Vernunft fiel in die dunkeln Gänge des Aberglaubens, und ich ward unmerklich ein ganz andres Wesen.

So lebt ich ein Jahr nach dem andern, und war ziemlich fleißig. Ich verließ die Schule, und ward nun im eigentlichsten Verstande *Jurist*, denn die Theologie war mir itzt zuwider. – Ich vollendete den Kursus, und stand nun da, als ein förmlich gemachter Mann, aber ohne irgend zu wissen, was ich nun in der Welt mit meiner Gelehrsamkeit anfangen solle. Ich hatte mich mit hunderterlei Sachen angefüllt, ohne mich nur ein einzigesmal zu fragen: wozu?

Glücklicherweise hatte ich neben den juristischen Wissenschaften auch Sprachen und etwas Philosophie studiert; und mein Beschützer, der Professor X… tat mir itzt einen Vorschlag, den ich sogleich mit beiden Händen ergriff.

Aus W…. hatte ihm der Präsident von Blumbach geschrieben, er sei für seine Söhne um einen Hofmeister verlegen, und bäte ihn also, ihm ein schickliches Subjekt vorzuschlagen. X… warf seine Augen auf mich, ich ward vom Präsidenten angenommen; X… gab mir noch manchen guten Rat mit, womit ich aber noch nicht recht umzugehen wußte, und so machte ich mich auf den Weg nach der großen Stadt W….

Drittes Kapitel
Der Leser wird sehen, daß ich ein Narr bin

Ich setzte mich mit großer Zufriedenheit in den Wagen, der mich an den Ort meiner Bestimmung bringen sollte. Ich ward in eine mir ganz unbekannte Welt hineingefahren, ohne Menschenkenntnis und Kenntnis meiner selbst, ohne genau zu wissen , wer ich sei; nur mit dem Namen *Lebrecht* ausgestattet, der, wenn er mir auch eigentlich nicht zukam, mir doch immer als Vorschrift dienen konnte, nach der ich handelte.

Indem der Wagen fuhr und der Kutscher fluchte, fing ich an bei mir selbst zu überlegen, von welcher Art meine künftige Beschäftigung sein würde, und ob ich dem Amte auch wohl gewachsen wäre, das man mir anvertraute. – Ich ließ alle meine Kenntnisse und Talente die Revue passieren, und war nicht wenig mit mir selbst zufrieden, als ich die ganze große Masse übersah.

»Ich verstehe Latein und Griechisch«, sagte ich ziemlich laut zu mir selbst, doch so, daß es der Kutscher nicht hören konnte; »etwas Französisch, die Geschichte der alten und neuen Welt kann ich an den Fingern hererzählen, dabei bin ich ein guter Jurist, und verstehe vortrefflich mit den *Atquis* und *Ergos* umzugehn. Habe ich nicht einmal disputiert und dreimal opponiert? Ließ ich nicht zur Freude der ganzen Universität den Disputanten neulich in das scharfsinnigste Dilemma laufen, daß er weder vor- noch rückwärts konnte?«

Ich bekam eine ordentliche Ehrfurcht vor mir selber, denn ich hatte noch nie die Bilanz zwischen dem, was ich wußte und nicht wußte, so genau gezogen. Ich hatte das Schicksal der meisten jungen Leute, die den ersten Ausflug in die Welt versuchen. Sie haben sich von Jugend auf nur mit sich selbst beschäftigt, und sich doch kaum von *einer* Seite kennen lernen, sie bemerken an sich selbst nur Vorzüge, an jedem andern nur Fehler. Mit der Miene der Unparteilichkeit treten sie auf die Waagschale, um zu wiegen, wieviel sie wert sind: mit selbstgefälligem Lächeln blicken sie umher, da sie so tief niedersinken, und bemerken nicht, daß auf die andere Schale noch keine Gewichte gestellt sind.

Die Straße war sehr besucht und jedermann, der vorbeiging, grüßte mich sehr freundlich und ehrerbietig, wer vorbeifuhr, sahe neugierig in den Wagen hinein und machte nicht selten ein spöttisches Gesicht. Doch ich ließ mich alles dies nicht kümmern.

Es war ein schönes Frühlingswetter und die Gegend, durch welche ich reiste, angenehm und abwechselnd. Meine Phantasie ward von den reizenden Gegenständen, die mich umgaben, angefrischt, ich erinnerte mich gerade zur rechten Zeit, daß ich auch ein paarmal Verse gemacht hätte, um in eine Menge von süßen Träumen zu fallen. Ich hatte mancherlei sehr empfindsam Sachen gelesen und die menschliche Gesellschaft kam mir als *eine* große, zärtliche Familie vor, in welcher sich nur zuweilen ein Kind vom rechten Wege verliert und nur der Zärtlichkeit bedarf, um sogleich wieder zurückgeführt zu werden. Ich nahm mir also vor, ein recht edler, fein empfindender Mensch zu werden, um recht viele Verirrte wieder auf den rechten Weg zu bringen; mir stiegen die Tränen in die Augen, wenn ich mir die vielen Edeltaten lebhaft vorstellte, die ich gewiß noch verüben würde. Besonders aber ward mein Herz gerührt, wenn ich überlegte, welche innige und zärtliche Herzensfreunde ich aus meinen künftigen Eleven bilden müßte, wie vielen Dank mir die Eltern schuldig sein würden, welchen Nutzen der Staat aus meiner Erziehungskunst zöge, wie die ganze Welt meiner künftig mit Ehrfurcht und Rührung erwähnen sollte.

»Ja«, rief ich in meinem Enthusiasmus aus – »die Menschen sind gut, wenn man ihnen nur mit Liebe entgegenkommt, die Welt ist schön, wenn man nur zu leben versteht! – Ja, ich werde glücklich sein, mein Glück im Glücke meiner Brüder suchen. – O kommt an mein Herz, ihr Unglücklichen und Leidenden, hier findet ihr Trost und Hülfe; kommt an meine Brust, ihr Verfolgten und Verirrten, hier findet ihr keinen Haß und keine Unversöhnlichkeit! Die lauterste, reinste Menschenliebe springt für euch in diesem Herzen.«

Ich streckte meine Arme sehnsuchtsvoll aus, es schien, als wenn die sonnenbeglänzte Welt meiner Umarmung entgegenstrebe.

Der Fuhrmann, der im letzten Wirtshause etwas zuviel getrunken hatte, wollte in einen Nebenweg einlenken – unglücklicherweise lief das Hinterrad über einen Erdhügel, die Pferde gingen weiter – der Wagen knackte und fiel in demselben Augenblicke um.

Der Fuhrmann raffte sich auf, sah seine Kutsche auf einen Augenblick an und fing dann auf die kaltblütigste Weise von der Welt an, die gräßlichsten Flüche auszustoßen. Nach seinen Exklamationen war niemand als der Teufel mit allen höllischen Geistern an diesem Vorfalle schuld. Vom Schreck betäubt, lag ich noch immer im Wagen, bis mich der ergrimmte Fuhrmann hervorzog und sich dann Mühe gab, den Wagen wieder aufzurichten.

»Ist Er denn toll?« rief ich im höchsten Unwillen aus, als ich wieder auf den Beinen stand und zur Besinnung gekommen war.

»Haben Sie sich Schaden getan, junger Herr?« fragte der Fuhrmann ganz phlegmatisch.

»Nein, aber –«

»Nun, so wollen wir Gott danken, daß es noch so glücklich abgelaufen ist.«

»Ach, was! glücklich abgelaufen! – Ich saß in Gedanken und erschrak nicht wenig. – Künftig trink Er nicht soviel.«

»Nun, nun – wenn der Wagen nur erst wieder stünde!«

»So lange zu trinken, bis man zum Vieh wird und nicht mehr den Weg sehen kann! Pfui!«

»Nun, so vergeben Sie's mir nur, es soll nicht wieder geschehn.«

Ich zankte aber immer weiter fort und ward mit jedem Worte heftiger. Der Fuhrmann wußte nicht, ob er verdrüßlich oder beschämt aussehn sollte; da ich aber immer fortdeklamierte und in meinem Feuereifer von der Sünde sprach, daß er das Leben eines Menschen ohne Not in Gefahr setze, nahm er endlich ein sehr demütiges Gesicht an und bat tausendmal um Verzeihung. – Einige Bauern, die hinzugekommen waren, halfen den Wagen wieder aufrichten; besänftigt setzte ich mich wieder hinein und fuhr weiter.

Ich wurde itzt erst gewahr, daß die Hand des Fuhrmanns blute, er klagte mir auch, daß er sich beim Fallen den Arm etwas verrenkt habe. Nun erst fiel mir die Tirade wieder ein, die mir halb im Halse war stecken geblieben, und ich hätte meinerseits herzlich gerne den Fuhrmann wieder um Verzeihung bitten mögen.

»Ei der schönen Vorsätze!« sprach ich zu mir selber, aber weit leiser, als ich die vorige Deklamation hergesagt hatte. – »Kaum fällt der Wagen um, so bist du auch schon aus deiner Menschenfreundlichkeit herausgefallen! ei was würde erst ein wirkliches Unglück auf dein zartes Herz wirken! – Warum gehörte denn dieser Fuhrmann nun nicht zu jenen Brüdern, die du so feurig an deine Brust drücken wolltest? – Weil er dir einen kleinen Schreck gemacht hatte. – Wahrlich meine Phantasien haben mich mehr berauscht, als ihn der Branntewein, und in meiner Trunkenheit handle ich dreimal inkonsequenter als er.« –

Mein Kopf sank um volle dreißig Grad auf meine Brust hinab, meine *Atquis* und *Ergos* kamen mir nicht mehr halb so respektabel vor, und daß ich Verse machte, hatte ich rein vergessen. – Auf dieser Reise, die mehrere Tage dauerte, machte ich mehrere ähnliche Erfahrungen. Mein Stolz fing nach und nach an etwas abzunehmen, und ich habe es bei mir jederzeit gefühlt, daß eine Reise mich bescheidner, klüger und menschenfreundlicher gemacht hat. Der weite gewölbte Himmel über mir sagt mir jederzeit, wie armselig ich mich mit meiner Eitelkeit in die Größe der Natur verliere, jeder Berg macht mich auf meine winzige Person aufmerksam. In jeder Schenke sieht man Menschen, die in so vielen Sachen mit ihrem geraden Sinne weiter reichen, als wir mit allen unsern feinen und geläuterten Gedanken: bei unsrer Sucht, mit unserer hohen Aufklärung zu prahlen, wird man alle Augenblicke mit der Nase darauf gestoßen, daß man noch voller Vorurteile stecke. Sobald ich die Stadt mit ihren Häusern und dem Gedränge ihrer Menschen aus den Augen verliere, fange ich auch an, mehr in mich selbst zurückzugehn: die Armseligkeiten, die in der Gesellschaft immer noch einen Anschein von Wichtigkeit behalten, verlieren sich in der klaren Natur – ich sehe den Glücklichen und den Unglücklichen meinem Herzen nähergerückt, ich versuche es, die lästige bunte Kleidung, die uns von Jugend auf angeschnürt wird, abzustreifen, und als einfacher *Mensch* dazustehn.

Es kommt mir daher immer sonderbar vor, daß viele Leute von ihren Reisen närrischer, vorurteilsvoller, eitler und menschenfeindlicher zurückkommen, als sie sie antraten. – Aber diese treiben sich meist nur im Gewühl der Menschen umher, sie fahren schnell der Hütte vorüber nach der Stadt zu, um in der Bereicherung ihrer Menschenkenntnis sich durch keine Nichtswürdigkeit aufhalten zu lassen. Sie lachen, gähnen und verleumden in der *großen Welt* und denken gar nicht daran, wie elend klein diese große Welt gegen Gottes freie große Welt ist. –

Nachdem wir sieben Tage gefahren waren, grüßten uns die Leute nicht mehr, die bei uns vorbeigingen: wir kamen an die Tore von W.... – Ich werde auf Tod und Leben examiniert und eine ganze Stunde visitiert. Man fand nichts Verdächtiges an meiner Person und in meinem Koffer und ließ mich fahren. Ich stieg in einem Gasthofe ab.

Viertes Kapitel
Ich trete als Hofmeister auf

Ich zog mein bestes Kleid an, überlegte meine Komplimente und ließ mich beim Präsidenten melden. Ich hatte nicht sehr lange im Vorzimmer gewartet, als ein ziemlich großer und ziemlich starker Mann mit einer trocken freundlichen Miene hereintrat und sich nach den ersten Verbeugungen freute mich kennenzulernen und daß ich angekommen sei. Ich erwiderte, beides sei meine Schuldigkeit, und auf seinen Befehl geschehen, wobei ich die Verbeugungen nicht sparte, und in einer unaufhörlichen Verlegenheit war.

»Der Professor X...«, sagte der Präsident sehr verbindlich, »hat mir viel von Ihren Talenten und Kenntnissen gesagt und auf seine Empfehlung –«

Ich ward rot, verbeugte mich und hustete.

»Und ich hoffe, daß Sie meine Erwartungen nicht –«

Ich hustete stärker, ward noch roter und verbeugte mich noch tiefer.

»Ich schätze mich also glücklich, daß ein junger Mann –«

Ich brachte in meinem Husten so viele Variationen an, als nur irgend möglich war.

Es wird selten der Fall sein, daß, wenn jemand recht sehr verlegen ist, es nicht auch der andre werden sollte, der mit ihm spricht. Die Verlegenheit ist ebenso ansteckend, wie Lachen, Melancholie, Gähnen und der Schnupfen. Der Präsident erwartete eine große Menge von Gegenkomplimenten, und da diese ausblieben, mein Katarrh und die Röte in meinem Gesicht aber mit jeder Sekunde zunahmen, ich mich auch einigemal beim Ausscharren in die Fußdecke verwickelte, und er wahrscheinlich fürchtete, ich würde mich aus lauter Bescheidenheit noch zuletzt in den Wandspiegel retirieren: so wußte er am Ende selber nicht recht, was er sprechen sollte; er sahe sich genötigt, von meinen Lobeserhebungen abzubrechen und das Gespräch auf meine Reise zu lenken.

Nun hatte ich mir freilich wohl eine ganze Stunde vorher den Kopf zerbrochen, was ich dem Präsidenten sagen wollte, und es fehlte mir wahrlich nicht an Schmeicheleien und Komplimenten; aber mit einem Komplimente gut umzugehn, ist ebenso schwer, wie mit einem Waldhorn. Wer es nicht zu blasen versteht, mag es zehnmal an den Mund setzen, es bleibt stumm; oder bringt man ja einen Ton heraus, so erscheint, statt der süßen Akzente ein so rauher, unfreundlicher Schall, daß man sich die Ohren zuhält. – Ich habe oft Leute, die Sottisen sehr kaltblütig und witzig beantworten konnten, bei einem ungeschickt angebrachten Komplimente so rot werden sehn, daß ich mich in ihre Seele schämte; wie viele Feindschaften sind nicht schon entstanden, weil jemand dem andern eine Süßigkeit von der verkehrten Seite präsentiert hat!

So tat mir nun wahrlich von allen den schönen Sachen, die ich sagen wollte, die Zungenspitze weh. Ich hoffte immer noch einen Nebenweg zu finden, wo ich einlenken könnte; aber vergebens, das Gespräch ging stets geradeaus. – Die Sache war, daß ich mir den Präsidenten ganz anders vorgestellt hatte, als ich ihn fand. Ich hatte mir ihn als einen steifen, trocknen, stolzen alten Mann gedacht; ich hatte mir daher eine Menge *captationes benevolentiae* gedrechselt, um ihn mir geneigt zu machen, ich hatte Umwege zu seinem Herzen gesucht, so richtig auf Menschenkenntnis und die gewöhnlichen Vorurteile des Adels kalkuliert, so fein und neu, daß es mir eine herzliche Freude gemacht hatte. Dabei war ich mir so groß und hoch über ihm erhaben vorgekommen, daß ich seine Schwächen zu meinem Vorteil zu nutzen verstehe und ihn dennoch glauben mache, wie sehr ich ihn verehre. Und nun alles gerade umgekehrt! – Er tritt mir zuvorkommend entgegen, er ist freundlich und sagt mir eine Höflichkeit über die andre, er scheint zu glauben, daß ich *ihm* mit meiner Reise den größten Gefallen von der Welt getan habe: dadurch, daß ich auf diese Art erhoben ward, sank ich in mir selbst ganz unbeschreiblich. Ich wußte meine Rolle vortrefflich auswendig, aber als ich auf das Theater trat, ward ein andres Stück gegeben, und ich war nicht Schauspieler genug, um aus dem Stegreife gut zu spielen.

Ich erzählte nun meine Reise so interessant, als es mir nur immer möglich war, der Präsident schien auch Vergnügen daran zu finden, endlich kam er wieder auf die Ursache meiner Reise zurück.

»Ich glaube«, sagte er, »daß man einem Manne von Talenten, der die Erziehung der Kinder übernimmt, nie genug danken könne. Ich finde es also billig, daß man ihm seine Lage, die sehr viele Unannehmlichkeiten hat, so angenehm als möglich mache; Sie wohnen natürlicherweise in meinem Hause und essen an meinem Tische. Die übrigen Bedürfnisse erhalten Sie ebenfalls und außerdem jährlich zweihundert Taler. – Sind Sie damit zufrieden?«

Wer war zufriedener, als ich, und ich glaube, daß mich viele Hofmeister beneiden werden.

»Ich habe zwei Söhne«, fuhr der Präsident fort, »die beide sehr gut geartet sind, und deren Liebe und Zuneigung Sie sich also sehr bald erwerben werden. Sie werden die Neigungen und den Charakter eines jeden kennenlernen und ihn darnach behandeln; ich traue Ihnen Menschenkenntnis genug zu –«

Ich war unschlüssig, ob ich rot werden sollte. –

»Um mit Kindern richtig zu verfahren, die es noch nicht gelernt haben sich zu maskieren.« Ich ward bis über die Ohren rot.

»Den Jüngsten werden Sie etwas wild und ausgelassen finden, aber er ist nichts weniger als boshaft, und der Älteste, darf ich ungescheut behaupten, ist ein ganz vorzüglicher Kopf, ein wahres *Genie*; Sie werden selbst über den Knaben erstaunen, er hat für seine Jahre schon außerordentlich viel geleistet. – Ich habe außerdem noch eine Tochter, für die ich aber eine besondere Erzieherin habe. – Ich hoffe, meine Söhne sollen unter Ihrer Leitung bald sehr weit kommen.«

Ich verbeugte mich wieder: der Präsident ging in sein Zimmer und ich in meinen Gasthof zurück. Ich zog noch an demselben Tage in das Haus des Präsidenten und machte meine Einrichtungen: am folgenden Morgen sollte ich den Kindern und der Frau Gemahlin vorgestellt werden.

Ich setzte mich in einen Sessel und betrachtete die eleganten Möbeln meines Zimmers, dann überlegte ich meine Lage und zukünftigen Pflichten. – Der Präsident war ein gütiger Mann, er hatte mir auch eine Stelle versprochen, wenn ich mehrere Jahre das Amt eines Pädagogen verwaltet hatte, von seiner Großmut konnte ich eine etwas mehr als mittelmäßige Versorgung erwarten. Die Perspektive meines Lebens war in der Tat die heiterste.

Meine Bestimmung kam mir *groß* und *ehrenvoll* vor. Ich ließ durch meinen Kopf noch einmal die pädagogischen Bemerkungen gehn, die ich entweder gelesen, oder selbst gemacht hatte, um sie in meiner jetzigen Lage anzuwenden. Ich nahm mir vor, ein völliges System zu erbauen, nach welchem ich meine Zöglinge zu *edlen, großen* und *verständigen* Menschen bildete, und ich fiel gar nicht auf die Frage: ob ich die rechte Bedeutung dieser drei Worte auch wohl verstehe? – Der älteste Sohn war ein *Genie* – was ließ sich von diesem nicht alles erwarten? Ich konnte wohl gar so glücklich sein, der Hofmeister eines Menschen zu werden, der eine Epoche in der Weltgeschichte machte. – Ich legte mich erst spät mit den angenehmsten Vorstellungen schlafen und erwartete sehnlichst den andern Morgen.

Hätte ich freilich damals schon gewußt, daß es in jeder Familie wenigstens *ein* Genie gibt, so wäre vielleicht vieles Große von meinen stolzen Träumen zusammengesunken.

Fünftes Kapitel
Die Präsidentin und die übrigen Hausgenossen

Man kann sich vorstellen, daß ich nicht zu lange im Bette blieb, und daß ich mich so gut herauszuputzen suchte, als es mir nur immer möglich war. Ich stand lange vor dem Spiegel, musterte meinen Anzug, so wie meine Manieren, und nahm mir fest vor, die heutige Unterredung nicht wieder so, wie die gestrige, verderben zu lassen: ich beschloß, mich mit allen meinen Kräften zusammenzunehmen. Ich muß noch jetzt über mich lächeln, wenn ich daran denke, wie oft ich in meinem Gedächtnisse einige Komplimente wiederholte, damit sie mir nicht wieder unter den Händen verlorengingen.

Als ich fertig war, meldete mich der Bediente. – Ich trat in das Zimmer der Präsidentin und fand die gnädige Frau in einem graziösen Negligé am Teetisch. Ich machte meine Verbeugungen und sie die ihrigen, jedes von uns auf seine eigene Art, ich als untertäniger Diener, sie als gnädige Beschützerin, die sich aber in der Herablassung zu Geringern sehr glücklich fand. – Es ließe sich ein eigenes weitläuftiges Kapitel über die verschiedenen Beugungen, Neigungen und Kopfbewegungen schreiben: vielleicht, daß es der Leser im zweiten Teile dieser wahrhaftigen Geschichte findet, denn wenn ich ihn hier mit meinen Reflexionen schon wieder unterbrechen wollte, so würde ich mir mit vollem Rechte seinen Unwillen zuziehen.

Nachdem die ersten Eingangsredensarten vorüber waren, die sich bei jeder neuen Bekanntschaft mehr oder weniger ähnlich sehen, fragte mich die Präsidentin mit einem leichthingeworfenen Tone: »Nun, wie gefallen Sie sich in W....?«

Nichts in der Welt hätte mir erwünschter kommen können. – »Noch nie habe ich mich so glücklich gefühlt«, antwortete ich triumphierend, »als seit ich die Ehre habe in Ihrem Hause zu sein.« –

Und nun fuhr ich fort weiter auseinanderzusetzen, wie mir daher W.... ganz außerordentlich reizend vorkommen müßte. Wenn ich mich in zu große Schmeicheleien hineinverirrte, so kam mir die Präsidentin auf halbem Weg entgegen, um mich wieder zurechtzuweisen. – Eine jede zeremoniöse Unterredung kömmt mir immer vor, wie ein Strom, auf welchem unaufhörlich Eisschollen gegen eine Brücke anschwemmen. Man sieht immer schon aus der Ferne ein großes, gewaltiges Kompliment einherschwimmen, aber alle Schollen laufen gegen die Eisbrecher auf und fallen so in den Strom zurück. – Auch diese Eisbrecher können von sehr verschiedener Art und Beschaffenheit sein, sie können in einer Verbeugung, einem Lächeln, in einem Gegenkomplimente bestehen, oder auch darin, daß man das Kompliment des andern gar nicht zu verstehen scheint; diese letztern sind von der allerzerstörendsten Gattung.

Die Präsidentin war eine Frau von mittlern Jahren, mittler Statur, mittelmäßiger Schönheit, mittelmäßigem Verstande: – kurz, man sieht, sie gehörte zu den mittelmäßigen Leuten, deren Zahl in der Welt die größte ist, ob sich gleich keiner selbst unter diese Rubrik einschreiben will.

Wir schwatzten zusammen bis zum Mittagsessen, und ich war heute mit mir selber ganz außerordentlich zufrieden. Mein Witz ward zwar in einigen kleinen Vorpostengefechten geschlagen, aber doch ward keine von meinen Batterien zum Schweigen gebracht, noch weniger verlor ich ein Haupttreffen. Ich schien der Präsidentin spaßhaft genug vorzukommen, und wir wurden endlich zum Essen abgerufen.

Man sagte mir, daß die Familie alle Tage in einem bestimmten Saale zusammen äße; die Familie bestand aus dem Präsidenten, seiner Frau, einer Tochter und seinen zweien Söhnen! man tat mir die Ehre an, mich von diesem Tage auch dazuzurechnen, so wie die Erzieherin der kleinen Fräulein von Blumbach.

Die Söhne wurden an meine Seite gesetzt, und ich sahe wechselsweise bald den einen, bald den andern an, um das *Genie* herauszufinden, aber ich konnte aus mir selber nicht klug werden, als mir beide wie ganz gewöhnliche Kinder vorkamen. Aus dem, was sie zuweilen sagten, schien sogar eine Art von *Dummheit* hervorzuleuchten, von der aber weder Papa noch Mama Notiz nahmen.

Die Tochter schien ein ganz artiges, niedliches, kleines Mädchen zu sein; da sie mit meinen Amtsgeschäften nichts zu tun hatte, bekümmerte ich mich wenig um sie. Desto öfter aber und ganz unwillkürlich fielen meine Augen auf ihre *Gouvernante*. Ich hatte mir diese unter dem Charakter einer gewöhnlichen *französischen Mamsell* gedacht, sie war mir daher in meiner Vorstellung immer äußerst uninteressant vorgekommen: ich fand aber jetzt, daß sie eine *Deutsche* sei und daß ihre Augen so wie ihr Gesicht außerordentlich viel Anziehendes hätten. Mir fielen hundert Stellen vom wunderbaren Zuge der Sympathie ein, die ich bis jetzt immer für baren Unsinn erklärt hatte. Ihr schönes blaues Auge ruhte zuweilen auf mir und ich konnte ihren Blick nicht ein einzigmal aushalten, mir war jedesmal, als wenn mir die Sonne ins Gesicht schiene. Ihre blonden Haare fielen in ungekünstelten Locken auf den weißen Nacken hinab; in ihrem Wesen herrschte eine unbeschreibliche Sanftheit, die fast ans Melancholische grenzte. Ein Wort, das sie sagte, klang wie Musik in meinen Ohren.

Meine Frau hat mir über die Schulter gesehn, und mir jetzt eben lächelnd die Feder aus der Hand genommen; ich muß daher mit meiner Beschreibung aufhören, ich hoffe überdies, daß jeder Leser sich die Person hinzudenken wird; kann er es aber nicht, so darf er nur irgendeine von den weitläuftigen Beschreibungen in den neuesten Romanen nachschlagen.

Ich bemerkte, daß noch ein Gedeck übrig sei, und war auf die Person sehr neugierig, die noch erscheinen sollte. Endlich erschien ein sehr wohlgewachsener, junger Mensch, den die Frau vom Hause als Herr von Bärenklau begrüßte. Er setzte sich auf den leeren Stuhl neben der liebenswürdigen Erzieherin, und ich war bald mit mir selber einig, daß er, trotz seinem einnehmenden Wesen, diese Stelle nicht verdiene.

Ich glaubte zu sehen, daß seine feurigen Augen oft den sanften Blicken des Mädchens begegneten und ich hatte Gelegenheit, eine Menge von Bemerkungen zu machen, von denen die vorzüglichste war, daß ich gegen den Herrn von Bärenklau ein sehr linksches und ungeschicktes Benehmen habe. Diese Bemerkung tat meiner Eitelkeit außerordentlich wehe, ich glaubte daher am Ende, das gewandte Wesen des Herrn von Bärenklau sei nur ein Zeichen, daß er kein so gründlicher Philosoph sei, als ich.

Als wir gegessen hatten, ging ich mit meinen beiden hoffnungsvollen Zöglingen auf mein Zimmer. Ich fand nun bald, worin das *Genie* des Ältesten bestand: er hatte nämlich ein ganz außerordentliches Gedächtnis für Vokabeln, Namen und Phrasen, bei denen er sich aber gar nichts dachte. Er sagte mir den größten Teil der lateinischen Grammatik mit einer Fertigkeit her, die mich in Erstaunen würde gesetzt haben, wenn ich nicht kurz vorher ein Kunstpferd gesehn, dessen viele und wunderbaren Künste auch auf das Gedächtnis berechnet waren. Ich fand bald, daß der Jüngste, ungeachtet er nur wenig wußte, weit mehr Verstand als sein Bruder hatte, den man durch unzeitiges Lob zu einem eingebildeten phlegmatischen Narren gemacht hatte.

Wozu denn die vielen Charakterschilderungen? höre ich verdrüßlich meine Leser ausrufen. – Am Ende ist alles das unnütz und hat weiter gar keinen Bezug auf Ihre Geschichte, Herr Verfasser, die an sich schon langweilig genug ist. –

Nun, haben Sie nur Geduld. – Sie können jetzt weder von dem einen, noch dem andern urteilen, denn, meine teuern Leser, Sie stehn immer noch in der Ankündigung oder dem ersten Akte.

So hätten Sie das so einrichten sollen, daß sich die Charaktere Ihrer Personen in Handlungen zeigen. Dadurch hätte Ihr Buch an Langeweile verloren und Ihre Personen an Interesse gewonnen.

Wenn nun diese Personen aber damals gerade gar nichts taten, oder wenigstens nichts vornahmen, was ich bemerkte? – Ich will doch lieber etwas langweilig werden, als Sie mit Lügen amüsieren.

So hätten Sie Ihre Geschichte gar nicht schreiben sollen, denn so wie sie bis jetzt erscheint, verdient sie es durchaus nicht. – Es ist eine Alltagsgeschichte von der alltäglichsten Art.

Habe ich denn aber das nicht gleich in meinem ersten Warnungs-Kapitel gesagt? –

Doch, ich wende mich wieder zu meiner Erzählung.

Sechstes Kapitel
Ich werde verliebt

»Gottlob!« hör ich die ungeduldigen Leserinnen rufen, indem sie dies Kapitel aufschlagen, »der langweilige Mensch fängt nun vielleicht an interessanter zu werden!« – Ich muß aber bekennen, daß bei so vielen Schriftstellern nichts langweiliger und ermüdender ist, als die detaillierten Beschreibungen des verliebten Approchierens: wie sie vom Blick zum Händedruck, vom Händedruck zum Kusse und von diesem endlich weiter übergehen; dann sich wieder mit der Vielgeliebten entzweien, einen eifersüchtigen Zweispruch halten, und sich nach vielen Debatten wieder zu einer Aussöhnung bequemen, die der Leser schon über zwei ganze Bogen voraussahe. Wer diese Offizialberichte von dem Kriege der Liebe gern liest, der überschlage dieses Kapitel, denn ich habe mir vorgenommen, nur sehr im allgemeinen über meine Liebe zu sprechen.

Der Leser wird es gewiß schon erraten haben, daß ich in niemand anders, als die schöne Gouvernante verliebt wurde. Meine Augen trafen immer öfter und öfter die ihrigen, mit jedem Tage entdeckte ich neue Vollkommenheiten an ihr, mit jedem Tage entwickelte sich ihre schöne Seele reizender. – Ich bemerkte sehr bald, daß ihr Blick dem meinigen häufiger begegnete, daß sie rot ward, wenn mein Auge auf ihrer Gestalt verweilte, daß sie oft meine Gesellschaft suchte, und doch im Gespräche mit mir in eine Art von Verlegenheit geriet. Ich schloß aber aus allen diesen Bemerkungen bei weitem nicht so viel, als ich mit vollem Rechte hätte schließen können: ich hielt alles mehr für Zufälligkeit und wagte es gar nicht, diese Zeichen auf eine günstige Art für mich auszulegen. – In mir selber ging eine wunderbare Veränderung vor. – Meine Lehrstunden, die ich bis jetzt mit großem Eifer gehalten hatte, fingen an mir Langeweile zu machen; meine Zöglinge erschienen mir um ein großes Teil einfältiger; alle meine enthusiastischen Entwürfe kamen mir albern und abgeschmackt vor. Dagegen stieg die Waagschale auf der andern Seite um vieles mehr, als sie auf der einen sank: es kam mir vor, als wenn meine Seele eine große Revolution erlitten hätte, es ging ein Licht in mir auf, das alles erleuchtete, was bis dahin dunkel und verworren in mir gelegen hatte. Es hatte sich mir plötzlich ein helles kristallenes Glas vor die Augen geschoben und ich sahe itzt die Welt weit schöner und reizender als ehedem.

Die Liebe ist bei den meisten Menschen die erste bewegende Kraft, die ihre Fähigkeiten entwickelt, und dem trägen, einförmigen Gange des gewöhnlichen Lebens einen neuen, raschen Schwung gibt. Sie ist überhaupt das größte und notwendigste Rad in der menschlichen Gesellschaft. Was ist es anders, als die Liebe, um welche sich das Interesse der ganzen Welt dreht? Ist sie nicht der eigentliche Mittelpunkt, um welchen alle Wünsche und Plane der Sterblichen laufen? Die Liebe ist ein Gegenstand, über den sich niemand zu Ende spricht; ihre Jugend ist unverwelklich, selbst der Greis erinnert sich am Ende seiner Laufbahn noch mit Entzücken der Stunden, in welchen er im Morgenrote stand, das diese Gottheit um ihn her goß. Staaten und Familien werden durch diesen großen Magnet in ihrem Gange erhalten, und die Schwärmerei einiger Philosophen ist ebenso natürlich als verzeihlich, wenn sie den Zusammenhang des ganzen Weltgebäudes durch eine große allgemeine Liebe erklären wollten.

Nur wenigen Menschen gelingt es, sich von dem Gesetze der Liebe frei zu machen und sie sind für unglücklich zu erklären; ihnen ist das Licht ausgelöscht, das uns armen Sterblichen durch das trübe Labyrinth des Lebens leuchten muß, sie stehen so albern und ohne Absicht in der Welt da, wie ein Tauber in einem Konzertsaale. – So weit die Sonne scheint, ist Liebe das reinste Element der menschlichen Seele und selbst der Grönländer und Hottentotte ergreifen dies reizende Band, um sich an die Gesellschaft der übrigen Menschen zu reihen.

Es ist sehr gewöhnlich, daß ein Verliebter (vorzüglich bei seiner ersten Liebe) meint, die ganze Welt sei für seine Leidenschaft blind. Das ganze Haus wußte schon, daß ich verliebt war, ehe ich es mir noch selbst gesagt hatte. Ganz vorzüglich richtete der Herr von Bärenklau seine Augen auf mich, die als die Augen eines Nebenbuhlers noch unendlich scharfsichtiger waren, als die der übrigen Leute im Hause; er sprach von jetzt an entweder sehr kurz und unfreundlich mit mir, oder, wenn er mich nur irgend vermeiden konnte, ging er mir sorgfältig aus dem Wege; ohne es selbst zu wissen, tat ich das nämliche.

Louise hatte indes meine Liebe ebenfalls bemerkt, und sie näherte sich mir mit jedem Tage etwas mehr. Wir wurden oft ganz von ungefähr im Garten oder Zimmer in lange freundschaftliche Gespräche verwickelt, und ein jedes von uns trug redlich das Seinige dazu bei, das Gespräch so lange währen zu lassen, als es nur immer möglich war. Wie ein Feuerlärmen erschreckte mich oft die Stimme des Bedienten, der uns zum Essen abrief, und zu meinen Eleven und Lehrstunden ging ich mit so schwerem Herzen, als wenn ich in ein Gefängnis wandern müßte. Mein Zimmer kam mir eng und finster vor, die Gesellschaft eines jeden Menschen langweilig; während des Unterrichts hatte ich keine Ruhe und versprach mich in jeder Minute, wenn ich wußte, daß sie mit der Präsidentin im Garten war. Mit einem Worte, ich lernte den schweren Dienst, zu welchem die meisten Menschen irgend einmal in ihrem Leben abgerichtet werden.

Der Herr von Bärenklau verlor seinen Witz und seine gute Laune. Er saß stumm und verdrüßlich bei Tische, oder blieb gar aus; er war zerstreut, sprach verkehrt, oder antwortete auf eine vorgelegte Frage gar nichts, indes ich, als der triumphierende Sieger, ihm gegenübersaß und mich in den muntern Augen Louisens spiegelte, kaum aß und trank, wenig sprach und viel seufzte. –

Ich denke jetzt daran, daß diese Tischgesellschaft für den Präsidenten außerordentlich langweilig muß gewesen sein, denn auch Louise nahm nur an wenigen Sachen Anteil: damals aber fiel mir dieser Gedanke gar nicht ein.

An einem Nachmittage, als ich mit Louisen vorzüglich lange gesprochen hatte, begegnete mir der Herr von Bärenklau auf dem Saale, er schien mich diesmal gesucht zu haben, da er mir sonst immer auswich, und dies war auch wirklich der Fall.

»So in Eile, Herr Lebrecht?« fragte er mich.

»Daß ich nicht sagen könnte«, antwortete ich ihm halb verlegen: denn seine Gesellschaft war mir vorzüglich jetzt sehr zuwider, da ich den Kopf ganz voll von dem hatte, was ich soeben mit Louisen gesprochen hatte.

»Sie kommen von Louisen?« fragte er in einem halb spöttischen Ton.

»Ihnen aufzuwarten.«

Bärenklau: »Herr Lebrecht, ich kann es, und mag es Ihnen auch nicht länger bergen, daß Sie mich durch Ihre Vertraulichkeit mit Louisen aufs äußerste beleidigen.«

Ich stand ganz erschrocken vor ihm. – »Durch welche Vertraulichkeit?« wollte ich ihn fragen, aber in der Zerstreuung sagte ich: »Wieso?«

Bärenklau: »Weil ich sie liebe, weil sie es weiß, daß ich sie liebe: weil ich ihr meine Hand anbieten will.«

Ich war wie aus den Wolken gefallen.

»Und Sie«, fuhr mein Nebenbuhler hitziger fort, »kommen hieher, um auf eine sehr alberne Art die Rolle ihres Liebhabers zu spielen, um zu seufzen und zu schmachten, mir ihre Zuneigung zu entziehn, und – wer sind Sie? Was für ein Glück besitzen Sie, das Sie ihr anbieten könnten? – Sie sind Herr Lebrecht, und weiter nichts, und von Ihrer Liebe möchten Sie gar armselige Zinsen ziehn.«

Itzt hob ich nach und nach den Kopf in die Höhe, denn mein Blut fing an warm zu werden.

»Ich hoffe«, fuhr Bärenklau fort, »Sie werden unser Gespräch nicht vergessen, und dieser Herr Lebrecht wird mir nicht von neuem Ursach geben, mich über ihn zu beklagen.«

Er wollte gehn, als ich mich erhitzt zu ihm wandte. »Mein Herr«, sagte ich sehr zornig, »Sie haben kein Recht zu diesem Betragen, Sie nennen meinen Namen da mit einer Verachtung, die mich beleidigen soll; Sie wollen mich den großen Unterschied unsers Standes fühlen lassen – aber wahrhaftig, ich habe ihn noch nie so wenig gefühlt, als gerade in diesem Augenblicke. – Ich habe mich meines bürgerlichen Namens nicht zu schämen und ich danke Gott sogar für diesen Namen, da er mir beständig eine Vorschrift meines Verhaltens sein kann. – Sind Sie denn wirklich auch auf Ihren *Namen* stolz? *Bärenklau*, *Greifenhahn*, und so manche adeliche Familiennamen sind nicht so unschuldig und löblich, als mein schlichter Name *Peter Lebrecht*! Sie deuten nur auf Raub und Mord und Unterdrückung. – Auf Ihre übrigen Äußerungen mag ich

Ihnen gar nicht antworten, aber ich hoffe, Sie werden unser Gespräch nicht vergessen, und dieser Herr von Bärenklau wird mir nicht wieder Ursach geben, mich über ihn zu beklagen.«

Bärenklau sahe mich eine Weile an, dann lachte er laut auf und ging lachend fort. – Ich ging in mein Zimmer und kam mir vor wie der große Alexander; ich ging lange heftig auf und ab, und setzte mich erst in einen Sessel zur Ruhe, als die Sonne der Vernunft durch den Nebel der Leidenschaften brach, und ich mir außerordentlich abgeschmackt vorkam. Ich nahm mir hunderterlei Sachen vor, machte Plane und verwarf sie wieder, und war den ganzen Tag, so wie den darauf folgenden, äußerst verdrüßlich. Doch hatte das alles den Erfolg, daß ich nun wenigstens mit mir selber über den Satz einig ward: *ich sei wirklich verliebt.*

Siebentes Kapitel
Liebesgeständnisse

Es fing jetzt eine Periode meines Lebens an, in welcher ich einen Tag nach dem andern verträumte, ohne die große Summe zusammenzuzählen, die aus diesen einzelnen Tagen endlich entstand. Das Geschäft meines Lebens schien mir nur darin zu bestehen, die schöne Louise Wertheim zu lieben: müßig kam ich mir nur dann vor, wenn ich sie nicht sahe. Man mochte mir ein Geschäft auftragen, welches man wollte, man mochte mit mir sprechen, was man wollte, es mochte vorfallen, was da wollte, so waren meine Gedanken doch stets und unaufhörlich nach ihr hin gerichtet; so wie die Nadel des Kompasses stets nach Norden zeigt, man mag ihn auch drehen und wenden, wie man will.

Ich war itzt schon seit einem Jahre im Hause des Präsidenten. Ich hielt täglich Lehrstunden mit meinen Zöglingen, die freilich mit jedem Tage etwas mehr lernten, aber nichts weniger als außerordentliche Talente zeigten; ich sah täglich den Präsidenten und seine Gemahlin und was mir vorzüglich wichtig war, täglich Louisen. Ich fing jetzt an zu bemerken, daß sie mich allen ihren übrigen Bekanntschaften vorzog, daß sich ihr Gesicht jedesmal erheiterte, wenn ich im Garten oder im Zimmer zu ihr trat. Ich überlegte, um welche Zeit ich wohl imstande sein würde, ihr, als der Gebieterin meines Herzens, ein Glück anzubieten, das nicht ganz unter dem Mittelmäßigen sei: es war das erstemal in meinem Leben, daß ich Plane machte und an die Zukunft dachte; aber die Liebe, die so oft blind ist, öffnet uns auch sehr oft die Augen über manche Gegenstände, bei denen wir sonst immer vorbeigegangen sein würden, ohne sie zu bemerken.

Zuweilen kam sie mir so liebenswürdig vor, daß ich ihr in der größten Gesellschaft hätte um den Hals fallen mögen, mit ihr vor den Altar treten, und meine Hand in die ihrige legen lassen. Aber mir fiel noch glücklicherweise in meinem Enthusiasmus jedesmal ein, daß man mich für einen ausgemachten Narren halten würde. Fremde Augen sehn immer in unsre Liebe durch ein schlecht geschliffenes Glas hinein, alle Gegenstände erscheinen ihnen dunkel, verkehrt und zerrissen.

Ich hatte seit einem Jahre Louisen geliebt, und schmeichelte mir schon seit lange mit ihrer Gegenliebe. Aber unerachtet unsrer täglichen Zusammenkünfte waren wir noch gar nicht darauf gefallen, uns gegeneinander zu erklären; ich nahm mir an einem schönen Tage recht fest vor, ganz gründlich von meiner Geliebten selbst zu erfahren, wie ich mit ihr stehe. Der Präsident war mit seiner Frau gerade ausgefahren, der Herr von Bärenklau war auf einige Tage verreist, um einen kranken Onkel zu besuchen, ich war mit Louisen im Hause allein und hatte so die beste Gelegenheit, mich ungestört mit ihr über einen Punkt zu erklären, der mir so außerordentlich wichtig war.

Ich las ihr oft vor und wir hatten auch den heutigen Nachmittag zu einer poetischen Geistesergötzung bestimmt. Ich war in einem ungewöhnlichen Feuer und meine Art zu deklamieren brachte es bald dahin, daß sich die schönen Augen Louisens mit Tränen füllten, sie beweinte den unglücklichen erdichteten Helden der Geschichte so aufrichtig, wie nur selten ein wirklich Elender beweint wird. Ich ward durch ihre Rührung gerührt, unsre tränennassen Blicke begegneten sich, weit weg ward plötzlich das Buch mit allen seinen Unglücksfällen und Liebesseufzern geworfen, ich lag an ihrem Halse und gestand ihr meine Liebe, die Versicherung ihrer Gegenliebe zitterte auf ihren schönen Lippen. Die Poesie war nur ein Prolog unsrer Empfindungen gewesen, ein aufgegebenes Thema, das wir jetzt schöner und geistreicher aus dem Stegereife durchführten.

Was sagten und erzählten wir uns nicht einander! Keine Ausrufungen der Freude, keine Seufzer und zärtlichen Händedrücke wurden gespart, manche Sachen, die sich von selbst verstanden, sagten wir uns tausendmal und wiederholten sie immer von neuem, ohne im Gegenteil nach der Erklärung einiger poetischen Phrasen zu fragen, die der offenbarste Unsinn waren. Das Gespräch zweier Liebenden ist wie die Melodie der Äolusharfe, stets dieselben Töne ohne Rhythmus und Anordnung, die aber trotz ihrer Einförmigkeit dem Ohre in einer schönen Gegend wohltun.

Den Beschluß unsrer Erklärungen machten zärtliche und wechselseitige Küsse. Der Kuß ist von jeher das Siegel aller verliebten Versprechungen gewesen, das sicherste Unterpfand der Zärtlichkeit. Der Kuß ist das, wonach der Liebhaber Jahre hindurch schmachtet, und während sich die Lippen noch berühren, schon nach einem neuen Kusse dürstet. Wenn man die Liebe mit einer Pflanze vergleichen will, so ist der Kuß die Blume der Liebe, schöner und reizender wie die Frucht, zu welcher sich endlich die Blüte entwickelt. – Ich habe oft darüber nachgedacht, worin das Entzückende, das Seelenerhebende in der Berührung einer männlichen und weiblichen Lippe liegen könne, aber bis jetzt ist es mir noch nicht gelungen, dem bezaubernden Geheimnisse auf die Spur zu kommen: so wie die oberste Spitze unsers geistigen Menschen offenbar im Kopfe zu suchen ist, so scheint sich die feinste Spitze unsrer Sinnlichkeit in den Lippen zu befinden. Es ist vielleicht unmöglich, hier tiefer einzudringen, ich wenigstens gebe es völlig auf, hierüber je eine gründliche und kritische Abhandlung zu schreiben.

Unsre Seelen waren nun durch einen förmlichen Kontrakt einverstanden, meine eifrigsten Wünsche waren erfüllt, die ganze Zukunft meines Lebens lag wie ein rotblühendes Rosental vor mir, wo eine aufbrechende Knospe die andre drängt, und ein Abblühen der schönen Gebüsche unmöglich macht.

Ich entwarf nun in der Einsamkeit paradiesische Plane meiner zukünftigen Ehe, ein großes Gewebe breitete sich vor meiner Seele aus, ganz aus goldenen Träumen gewirkt. – Wenn der Verliebte einmal in das Gebiet der Poesie hineingeraten ist, so ist es unmöglich, ihn in die Prosa des gewöhnlichen Lebens herunterzuziehn. Er ist wie ein Luftball, der sich den festhaltenden Stricken entrissen hat; geduldig müssen die Zuschauer unten warten, bis die leichte Luft nach und nach aus ihm verflogen ist und er von selbst auf die Erde zurückfällt.

Achtes Kapitel
Andre Erklärungen – Ich bin eifersüchtig

Ich fing nun halb mit Vorbedacht an, meine Liebe für Louisen öffentlicher zu zeigen, denn nach diesem Vorfall sah ich mich schon als ihren Mann an, als ihren Beschützer gegen jede Verführung. Ich kam mir um ein großes wichtiger vor, denn ich fühlte in mir schon den künftigen Ehegatten und Hausvater: seit der empfindsamen Szene mit meiner Geliebten war ich zu einem Helden herangewachsen, der dreister und mit festerm Selbstvertrauen in die Welt hineinschritt; sehr lebhaft fiel mir wieder ein, daß ich sonst auf der Universität Verse gemacht und bei allen feierlichen Gelegenheiten mich stets in poetischen Empfindungen im Namen der ganzen Stadt ergossen hatte; in jeder Stunde, die mir nun übrigblieb, machte ich Verse, in denen meine Geliebte bald mit der Venus, bald mit den Grazien verglichen ward, oder ich ließ sie auch allein ohne alle Vergleichung einhertreten, und alle möglichen menschlichen Tugenden trugen ihr die Schleppe ihres Kleides nach. Wer verliebt ist, liegt freilich nur in einem tiefen Traume, was er sieht und was ihn entzückt, sind nur seine eigene Phantasieen: aber wie oft wünscht man nicht beim Erwachen in einen schönen Traum zurückzusinken?

Auf eine kurze Zeit ward ich auf eine sehr unangenehme Art geweckt. Die Frau Präsidentin ließ mich nämlich eines Morgens zu sich rufen, und hielt mir, nach den vorläufigen Wetter- und Neuigkeitsgesprächen, ungefähr folgende Rede:

Meine Wenigkeit habe, seit meinem ersten Eintritt in ihr Haus, sogleich ihren ganzen Beifall erhalten; ich sei nicht einer von jenen modischen Hofmeistern, die sich die Zeit nur auf den öffentlichen Promenaden zu vertreiben suchen und ihr Amt als ein Joch ansehen, an welchem sie nur von der höchsten Not gezwungen ziehen: sondern ich habe mein Geschäft stets mit Eifer und großer Liebe zur Sache getrieben, und sie erkenne mit Dankbarkeit die Fortschritte, die ihre Söhne seitdem in den Wissenschaften getan hätten, so daß man schon darauf gedacht habe, in zwei Jahren den Ältesten auf die Universität zu schicken, den Jüngern aber ungefähr um dieselbe Zeit beim Regimente anzustellen. Nur habe man seit mehrerer Zeit eine Schwachheit an mir entdeckt, und dies sei meine entschiedene Neigung für Louisen, die an sich selbst gar nicht zu tadeln wäre, als nur insoferne, daß ich seit der Zeit meine Pflicht etwas nachlässiger getan hätte und überhaupt in allen meinen Geschäften saumseliger geworden wäre. Dies sei aber nicht der einzige und größte Schaden, sondern ich zerstöre dadurch vielleicht noch Louisens Glück, welches doch gewiß nicht meine Absicht sei. Der Herr von Bärenklau sei nämlich schon seit langer Zeit ihr erklärter Liebhaber, er sei arm und ohne Eltern und hänge bloß von einem alten, sehr reichen Onkel ab, auf dessen Erbschaft er nur hoffe, um sich und Louisen glücklich zu machen. Ich möchte also wohl bedenken, ob ich meiner Geliebten nicht vielleicht ein Glück raube, das ich ihr nie geben könne.

Ich stand während dieser Rede wie versteinert. Bärenklau war ein Edelmann, ich hatte ihm folglich nie die ernsthafte Absicht zugetraut, Louisen heiraten zu wollen; dabei war ich mir nun wie ihr Ritter vorgekommen, der ihre Tugend gegen die Anfälle der Verführung verteidige: jetzt kam ich mir plötzlich wie ein alberner Mensch vor, der sich mit seiner unzeitigen Liebe zwischen die Hoffnungen zweier Liebenden drängte. – Ich stand im tiefen Nachsinnen.

»Ich hoffe«, fuhr die Präsidentin fort, »daß Sie darüber nachdenken werden, was ich Ihnen gesagt habe: mein Rat ist aus dem besten Wohlwollen gegen Sie entstanden, suchen Sie ihn zu benutzen.«

Ich empfahl mich und ging verdrüßlich auf mein Zimmer. – »Aber Louise liebt mich ja!« rief ich aus; »dies einzige hebt ja alles auf, was man mir da gesagt hat.« – Oder sollte es nicht sein? – Ich ward argwöhnisch und beschloß, Louisen genauer als bisher zu beobachten.

Nach einigen Tagen hatte ich ein Gespräch mit dem Präsidenten, das meine Seele wieder etwas aufrichtete.

Er sagte mir, daß seine Frau die Vertraute des Herzens meines Nebenbuhlers sei, daß sie ihn daher von je beschützt habe; daß er selbst meine Neigung für Louisen eben nicht mißbilligen könne, ich solle nur noch zwei Jahre fortfahren, meinem Amte mit Eifer vorzustehen, dann hoffe er mir eine ziemlich einträgliche Stelle zu verschaffen, und es komme dann nur auf Louisen und mich an, ob wir uns heiraten wollten. Er wünsche mein Glück, und es sei ihm daher alles erwünscht, was ich selbst zu meinem Glücke für zuträglich halte.

Mein Herz war durch das Gespräch mit dem Präsidenten wieder etwas erleichtert, nur quälte mich jetzt der Zweifel, ob Louise mich auch wohl wirklich liebe. – Ich beobachtete sie fast allenthalben, und zwar nicht mehr mit den Augen eines Verliebten, sondern mit den Blicken eines Eifersüchtigen. Wenn ich mit ihr sprach, lauerte ich auf jedes Wort, dem man etwa eine doppelte Bedeutung geben könne. Wer durch die Schule der Liebe geht, macht nach den ersten Schritten sogleich mit der *Eifersucht Be*kanntschaft; sie und die Liebe sind zwei unzertrennliche Wesen, und so uneigennützig der Liebende ist, so sehr aller Aufopferungen fähig, so eigennützig und selbstsüchtig macht ihn die Liebe auf der andern Seite wieder. Kein freundlicher Blick seines Mädchens darf einen andern Gegenstand streifen, er möchte jedes ihrer Worte auffangen, und beneidet die ganze Welt, daß er nicht allein seine Geliebte sieht.

Gegen keine von allen Leidenschaften läßt sich so außerordentlich viel Vernünftiges sagen, als gegen die Eifersucht, und keine von allen ist für die Vernunft so gänzlich taub, als eben diese. Der Freund kann sich außer Atem demonstrieren und der Eifersüchtige ihm in jedem Punkte recht geben, und doch läßt er sich nicht eine Handbreit von dem Orte verdrängen, wo er einmal steht.

Hundertmal beschloß ich, auf Bärenklau nicht wieder böse zu sein, und hundertmal ärgerte ich mich schon, wenn ich ihn nur durch die Tür eintreten sah.

Durch tausend Proben glaubte ich endlich hinlänglich von Louisens Liebe für mich überzeugt zu sein; ich zählte nun ängstlich jeden Tag, der verfloß, und meine Liebe stand ungeduldig auf den Zehen, um über die außerordentlich langen zwei Jahre hinwegzusehn.

Auch dem ungeduldigen Liebhaber entläuft unter den Händen eine Stunde nach der andern. Die zwei Jahre waren nun fast verlaufen, meine Zöglinge waren an Körper und Geist sehr gewachsen, Louisens Schönheit hatte zugenommen, so wie meine Liebe, und jetzt starb zu meiner großen Freude ein Bürgermeister in einer ansehnlichen Provinzialstadt und machte mir einen sehr einträglichen Posten offen, den mir der Präsident sogleich versprach und auch durch sein Ansehn leicht verschaffen konnte. Bärenklau war um diese Zeit zu seinem Onkel gereist, der in einer Krankheit nach ihm verlangt hatte. Ich ward mit Louisen verlobt, und mir blieb nichts zu wünschen übrig. – Auch die Präsidentin schien jetzt mit meiner Verbindung mit Louisen zufrieden und wir alle waren froh und glücklich.

Neuntes Kapitel
Ich bekomme ein Amt und eine Frau

Ich hatte indes das juristische Studium nicht ganz verabsäumt und vorzüglich jetzt suchte ich meine juristischen Bücher von neuem hervor. Ich war besorgt, daß ich zu dem versprochenen Amte nicht die nötigen Kenntnisse hinzubringen möchte, repetierte daher fleißig alles, was ich schon einmal gewußt hatte, und suchte noch manches Neue hinzuzulernen; ich ließ daher Louisen öfter allein, als bisher geschehen war. Der Präsident lobte meinen Eifer, behauptete aber, daß meine Besorgnis ganz ungegründet sei. »Gelehrsamkeit«, sagte er, »ist es wahrlich nicht, was Sie in einem bürgerlichen Amte brauchen, sondern Kopf genug, um sich in die Geschäfte hineinzufinden, und Geduld, um nicht zu ermüden. Alles, was Sie auf der Universität gelernt haben, müssen Sie größtenteils wieder vergessen: durch die Routine und Erfahrung lernen Sie im Gegenteil alles, was Sie in Ihrem Amte brauchen. Ein Gelehrter, der in das bürgerliche Leben eintritt, kommt mir oft vor, wie ein guter Reiter, der, um eine Reise zu machen, in ein Schiff hineintritt. Seine Reitkunst ist ihm hier ganz überflüssig, er muß sich vom Winde wegführen lassen, er muß sich allen Gesetzen unterwerfen, denen alle Reisende dort unterworfen sind, er muß auch, wie alle, die zum ersten Male reisen, eine Seekrankheit aushalten. Diese Seekrankheit, Herr Lebrecht, kann bei Ihnen etwa das erste Vierteljahr hindurch dauern, in welchem Sie mit den Geschäften bekannt werden, dann aber lassen Sie sich unbefangen von den schwellenden Segeln wegführen. Alles geht dann seinen ordentlichen Gang, den einen Tag so wie den andern, Sie werden von Ihren Geschäften gelenkt, statt daß Sie Ihre Arbeiten regieren sollten. – Darum lassen Sie nur alle Furcht und unnütze Bescheidenheit fahren; wenn Sie Ihr Amt angetreten haben, werden Sie sehn, daß ich die Wahrheit gesagt habe.«

Durch diese Rede ward ich zuversichtlicher, denn ich konnte ja überzeugt sein, daß der Präsident aus Erfahrung spreche, ich überließ mich also ungestört der Hoffnung, die mir eine schöne Zukunft versprach.

Die Perioden im menschlichen Leben sind sehr ängstlich, in welchen man mit Furcht oder Sehnsucht ein Unglück oder Glück erwartet, und jeden Tag und jede Stunde sorgsam zur Summe der verflossenen zählt, und mit bangem, ahndungsvollem Herzen auf die Zeit hinblicke, die noch verfließen soll. Meine Hochzeit mit Louisen war jetzt festgesetzt, und ich strich mit zitternder Hand jeden Tag im Kalender aus, und zählte und überzählte jedesmal, wie viele Tage noch übrig wären.

Es war beschlossen worden, daß diese Hochzeit auf einem Gute des Präsidenten gefeiert werden sollte, das in einer ziemlichen Entfernung von der Stadt lag. Er wollte dorthin reisen, um so den Anfang zu einer Reise in das Reich des benachbarten Fürsten zu machen, die er in Amtsgeschäften tun mußte.

Auf dem Landhause ward alles unterdes zur Feier des Hochzeitfestes eingerichtet, die Familie fuhr endlich in mehrern Wägen ab, weil alle eine oder ein paar Wochen auf dem Lande zubringen wollten.

Der Herr von Bärenklau begegnete uns unterwegs in tiefer Trauer, sein Onkel war gestorben und er fuhr nach W.... zurück. Ich sah Louisen mit einem bedeutenden Blicke an, sie schien ihn aber nicht zu verstehn, vielleicht wollte sie ihn auch nicht verstehn.

Wir kamen an einem schönen Sommertage an. Das niedliche Haus und die schöne helle Landschaft schienen uns freundlich zu begrüßen; alle Einwohner des Dorfes waren in einem frohen Aufruhr, daß sie ihren Herrn einmal wiedersahen. Der dunkeln, geräuschvollen Stadt auf einige Tage entronnen, wachten alle frohen Bilder meiner Jugend wieder in meiner Seele auf, eine Heiterkeit goß sich durch alle meine Nerven, wie ich sie lange nicht empfunden hatte.

Die geladenen Gäste fanden sich auch nach einigen Tagen ein, im Hause und im Dorfe war ein beständiges frohes Getümmel, jeder Neuankommende ward mit einer jauchzenden Musik empfangen. Man gratulierte, man freute sich, mich und meine Braut kennenzulernen, man schwatzte hundert Sachen durcheinander, und nicht selten schlich ich mich betäubt in die freie Luft, um mich von dem Schwindel zu erholen, in welchen mich das unaufhörliche Gewirre versetzte. – Diese Feiertage des Lebens, wo alle Geschäfte stillstehn, der Gang der gewöhnlichen Lebensweise unterbrochen wird, und es nur unser Amt und unsre Pflicht ist, beständig ein recht freundliches Gesicht zu machen und aus vollem Halse zu lachen, sind oft neben ihren Annehmlichkeiten sehr drückend und beschwerlich. Man schwimmt betäubt die geräuschvolle Flut mit hinunter, und die Zeit, die wir zur Fröhlichkeit bestimmten, ist uns am Ende, wie in einem tiefen langweiligen Schlaf verflossen. – Doch das war nicht bei mir der Fall, denn ich stärkte meinen Geist wieder durch die Erinnerung an Louisen, durch ihre Gegenwart, durch die Hoffnung einer freudenreichen Zukunft.

Nun erschien der Hochzeitstag selbst. – Ich und Louise wurden getraut, meine Freude hatte ihren höchsten Gipfel erstiegen, worauf ich seit Jahren gehofft hatte, war nun erfüllt.

Man aß und trank und war guter Dinge. Bei Tisch erzählten sich die alten Herren ihre Jugendgeschichten, und die jungen sagten den Damen Komplimente oder Abgeschmacktheiten, wie es das Glück gerade fügte; viele sahen sich für Helden an, wenn sie meine Louise durch eine unanständige Zweideutigkeit rot gemacht hatten; andre fanden sich glücklich darin, wenn man sie ihren Erzählungen nach für recht ausschweifend hielt, und kämpften beständig gegen ihre bessere Natur, denn sie wurden selbst bei ihren erdichteten Abenteuern beschämt, und gaben sich alle Mühe, dies Rotwerden zu verbergen; noch andre machten sich über den Tisch hinüber Konfidenzen und nannten dabei Namen, Haus und Tag; oder liebäugelten mit den Damen – kurz, die Gesellschaft war so beschaffen, wie man sehr oft eine große Gesellschaft trifft. –

Nachher tanzte man, und Tanz und Wein machte jedermann froh und munter. Ich tanzte bis spät in die Nacht fast mit allen anwesenden Damen und ging dann, um Louisen aufzusuchen. – Sie war in keinem Zimmer zu finden: ich durchstreifte den Garten, dort ebensowenig; das ganze Dorf – man hatte sie nirgends gesehn. – Die Gesellschaft ward unruhig, man suchte allenthalben und allenthalben vergebens; die Nacht verstrich und Louise kam nicht zurück.

O unglückselige Hochzeit! – O unglücklicher Bräutigam Peter Lebrecht, da stehst du nun im Schlafzimmer ohne Braut!

Zehntes Kapitel
Unvermutete Gesellschaft

Welcher Schmerz war dem meinen zu vergleichen? Nur der kann ihn nachempfinden, der einen ähnlichen Verlust in einem ähnlichen Augenblicke erlitten hat. – Tausend Vorstellungen gingen durch meinen Kopf, eine immer trübsinniger als die andere; ich stand plötzlich verlassen und einsam da, wie in einer dicken Finsternis, von allen meinen Hoffnungen und Wünschen auf immer abgerissen. –

Aber, wo war Louise so plötzlich hingekommen? – Ich ahndete gar keine Möglichkeit, mir dieses Rätsel aufzulösen. – Man durchstrich in den folgenden Tagen zu Fuße und zu Pferde die ganze Gegend, bei allen Nachbarn wurden Erkundigungen eingezogen, aber kein Mensch wußte uns Nachrichten von ihr zu geben; ich selber durchstrich jeden Wald und jedes Feld in der Nachbarschaft; und da alle meine Nachforschungen vergebens waren, überließ ich mich endlich einer dumpfen, trüben Gleichgültigkeit, in welcher unser Körper oft viele Tage verlebt, ohne daß es die Seele bemerkt.

Die Gäste nahmen traurig nach und nach Abschied, es ward immer einsamer um uns her, jedermann, dem ich begegnete, hielt es für seine Schuldigkeit, mir ein trauriges Gesicht entgegenzuhalten und so ward ich mit jeder Stunde verdrüßlicher. – Mir war in meinem Lebenslaufe noch wenig Unannehmlichkeit aufgestoßen, und noch kein einziges ähnliches Unglück, ich wußte mich daher gar nicht zu benehmen: wenn man nur erst mit der Art bekannt ist, wie man auf eine schickliche Weise gewisse Vorfälle im menschlichen Leben anfassen muß, so ist man auch schon halb getröstet. Für viele Menschen liegt in den Zeremonien des Betrübtseins ebensoviel Beruhigung, wie für andere im berauschenden Wein.

Mit tiefgesenktem Kopfe, schweren Seufzern und heimlichen Verwünschungen gegen das Menschengeschlecht, (das sich freilich in nichts anderm gegen mich vergangen hatte, als daß es mir keine Nachrichten von Louisen geben konnte,) schlich ich eines Tages durch die benachbarten Fluren. Ich hatte eine Flinte auf meinen Rücken gehängt, um wenigstens unterwegs gegen einen Hasen meinen Unwillen auszulassen, der es wagen würde, mir in den Weg zu kommen. Mein Spaziergang dauerte länger, als ich mir vorgenommen hatte, ich verirrte mich in einen Wald hinein und verließ bald in der Zerstreuung den gebannten Weg: ich lustwandelte auf kleinen Fußsteigen bald hiehin bald dorthin, und durchtrabte in allen möglichen Richtungen den Wald. An dem Stande der Sonne bemerkte ich endlich, daß es anfangen wolle, Abend zu werden, ich fing daher an, den Rückweg zu suchen: aber allenthalben, wohin ich mich auch wandte, schien der Wald dichter zu werden, ich sahe und hörte keinen Menschen; ich rief, aber niemand antwortete mir, meine Stimme schallte weit den Forst hinunter, aber kein Ton kam tröstend zu mir zurück. Ein Hase lief mir quer über den Weg. – »Auch *du* willst mich noch verwirrt machen!« rief ich aus, legte das Gewehr an, verfehlte aber. – Ich achtete auf die böse Vorbedeutung nicht, wie es denn bei einem Menschen sehr natürlich ist, der schon den bittersten Becher des Unglücks gekostet zu haben glaubt: ich hatte aber unrecht, denn wenn wir auch schon elend sind, so hat doch immer noch eine Verdrüßlichkeit neben uns Platz, die unsern Unwillen erhöht, wenn sie auch noch so klein ist; der Verfolg dieses Kapitels wird einen deutlichen Beweis davon liefern. – Ich gab mir immer noch Mühe, mich aus dem Walde herauszufinden; ich kannte damals die Kunstgriffe der Jäger noch nicht, nach welchen sie die Weltgegenden bestimmen können, oder, wenn ich sie auch gekannt hätte, wären sie mir doch unnütz gewesen, denn ich wußte unglücklicherweise nicht, ob das Landhaus vom Walde südlich oder nördlich läge.

Meine Phantasie war gespannt, und mir fielen aus Romanen und Erzählungen hundert abenteuerliche Szenen ein, die in einem solchen dichten Walde vorgehn: bald sahe ich Spitzbuben und Mörder mit ihren verborgenen Höhlen und Schlupfwinkeln, bald eine verfolgte Unschuld, endlich fielen mir gar einige Gespenstergeschichten ein, die mir den Anblick des freien Feldes noch wünschenswürdiger machten: sosehr ich vorher gewünscht hatte, jemanden zu begegnen, so schüchtern sahe ich mich jetzt zuweilen um, ob auch nicht jemand hinter mir gehe. Als ich

noch immer nicht den Ausweg finden konnte, war ich endlich fest überzeugt, daß mir irgendein merkwürdiges Abenteuer bevorstehe. Und wahrlich, ein Mensch, der sich in einem dichten
Walde verirrt, und den jetzt die Nacht wahrscheinlich übereilt – wenn dieser unter solchen Um-
ständen kein Abenteuer findet, so ist er wirklich nicht dazu geboren, irgend etwas Wunderbares
zu erleben, und ein solcher lasse es ja bleiben, seine Geschichte der Welt mitzuteilen.

Ich mochte nach diesen Betrachtungen noch kaum eine Viertelstunde weitergegangen sein –
als die Erde plötzlich unter mir einsank – und ich in eine tiefe Grube stürzte. –

Als ich mich von meinem Schreck erholt hatte, fing ich an, meinen neuen Aufenthalt genauer
in Augenschein zu nehmen. Es war eine ziemlich tiefe, steile und geräumige Grube, die ich beim
Hinunterfallen für eine Mörderhöhle, oder die Wohnung irgendeines Erdgeistes oder Rübezahl
hielt, von der ich aber nun wohl sahe, daß sie den Bauern nur dazu diene, um Füchse oder
andres überlästiges Wildpret auf eine geschickte und leichte Art wegzufangen. Ich versuchte es
in die Höhe zu klettern, aber die Wände waren zu steil und zu hoch; mein Rufen war ebenfalls
umsonst, und ich sah mich nun genötigt, in Geduld den ersten Bauer zu erwarten, der mich
aus meinem Gefängnis erlösen würde.

Ich sah mich in meiner Wohnung etwas genauer um, und mußte lachen, als ich einen Fuchs
und einen Hasen in einem Winkel der Höhle sitzen sah. Meine erste Bewegung war, nach
der Büchse zu greifen und recht bequem zu einiger Zerstreuung die beiden Fremdlinge wegzu-
schießen: aber ein Anfall von Gutmütigkeit hielt mich zurück, ich wollte mit ihnen zugleich
die Auflösung meines Schicksals erwarten.

»Wahrlich! ein feines Abenteuer!« rief ich aus. »Kann man etwas Platteres erdenken? Statt
einen Geist zu erblicken, oder eine Mörderhöhle zu finden, falle ich in eine Fuchsgrube: statt
eine bedrängte Unschuld aus den Klauen ihres Verfolgers zu retten, finde ich hier einen Hasen
und einen Fuchs, um mir mit ihnen die Zeit zu vertreiben.«

Ich überlegte ernsthafter mein sonderbares Schicksal. Der Mensch ist einmal so stolz, daß er
durchaus will, die Vorsehung lenke jeden seiner Schritte. – Ich habe mich verliebt, dachte ich
bei mir selber, um mich zu verheiraten; mich verheiratet, um meine Frau zu verlieren; meine
Frau verloren, um in eine Fuchsgrube zu fallen: was wird das Resultat dieser sonderbaren Begebenheit sein? Was in aller Welt kann die Vorsehung für einen Plan dabei haben, daß sie mich
in dieses Loch hat fallen lassen? Alle Begebenheiten meines Lebens scheinen sich nur darum
aneinandergereiht zu haben, um mich endlich hieher zu führen. – Wahrhaftig, wenn ich nicht
hier den Stein der Weisen entdecken sollte, so würde ich das ziemlich unnütz finden!

Als ich mich wieder umsah, hatte sich der Hase, vermutlich aus Furcht vor mir, ganz nahe an
den Fuchs gedrängt: ihre feindselige Natur schien sich hier verloren zu haben, das gemeinschaft-
liche Unglück hatte sie zu Freunden gemacht, denn der Fuchs saß ganz still und leutselig auf
seinem Hintern, bewachte meine Bewegungen mit seiner spitzen Schnauze und seinen glänzenden Augen, und schien gegen seinen furchtsamen Nachbar nicht das mindeste Böse im Schilde
zu führen. Das Zutrauliche der beiden Tiere rührte mich, ich beobachtete ihre Stellungen, und
freute mich jetzt über mich selber, daß ich meiner Mordgier nicht nachgegeben hatte.

Der Fuchs sah unverwandt nach der Jagdtasche und ich teilte meinen beiden Freunden den
Vorrat von Brot und anderm Eßbaren aus, den ich bei mir hatte; sie erkannten meine Güte und
entzweiten sich über keinen Bissen.

Wie beschämt ihre Eintracht, dachte ich, die Menschen, die sich unaufhörlich verfolgen, und
auf das Unglück ihres Nachbars ewig ihr Glück aufzubauen suchen! – Alle, die ihr der Habsucht,
dem Geize, Stolze oder Neide frönt, die ihr eure Brüder niederdrückt, um eure Eitelkeit zu
befriedigen, o könnt ich euch doch vor einen Spiegel führen, in welchem ihr euch und eure
Leidenschaften so erblicktet, wie ich euch sehe!

Der Hase sahe mich hier mit einem so freundlichen Blicke an, als wenn er in meine Seele
gelesen hätte, er kam zutraulich näher, vermutlich, um anzufragen, ob ich nicht noch mehr
genießbare Sachen bei mir hätte. Beschämt sah ich nach meinem Gewehr, und streichelte das
kleine Tier, das zitternd unter meiner Hand stehn blieb und furchtsam lauschend seine langen
Ohren rückwärts legte.

»Dir soll nichts geschehen«, sagte ich mit so milder Stimme, als mir nur möglich war; »seid unbesorgt, ihr lieben Gefährten meines Unglücks. – Ich erwartete ein Abenteuer hier, denen ähnlich, die die müßige Phantasie der Dichter erschafft, und war unzufrieden, nur *euch* arme Notleidende hier anzutreffen; aber ich war ein Tor. – Ist diese Höhle nicht eine Mördergrube, in welcher ihr als schuldlose Opfer der Mordsucht aufgespart sitzt? Wäre ich selbst nicht beinahe ein Mörder geworden? – Ich dachte, vielleicht eine angefallene Unschuld von ihrem Unterdrücker zu befreien, und wahrlich, auch bei euch kann ich diesen Hang nach einer edeln Tat befriedigen. – Du armer unschuldiger Fuchs sollst wahrscheinlich zu Tode geprellt, oder zeitlebens, wie Bajazet, als ein Schauspiel von den Kindern verhöhnt werden, weil du vielleicht einem Bauer einmal ein paar Eier ausgetrunken hast. Was müßte *mir* geschehn, was allen Menschen, wenn jeder Durst so hart bestraft werden sollte? – Du«, (ich wandte mich hier zum Hasen) »sollst geschlachtet und gebraten werden, weil du einen Kohlkopf angefressen hast. – O heiliger Laurentius, was müßte den Leuten geschehn, die mutwillig mit ihrem Jagdgefolge ganze Saatfelder zerstampfen, und um einen Hirsch zu erlegen, sechs Äcker, die Hoffnung von sechs Familien, verderben? – Es herrscht ein ewiger stiller Krieg im Menschengeschlecht, und einer entgeht nur der Peitsche, oder dem Messer des andern, weil er sich hinter das furchtbare Ansehn eines andern verkriechen kann, der selbst wieder einen Rückenhalter braucht und hat. Der Arme aber, der ohne Schutz, ohne Ansehn unter der gefräßigen Menge steht, ist allen Pfeilen der Verfolgung und der Niederträchtigkeit preisgegeben: läßt er sich, von Gram und von Armut zu Boden gedrückt, zu einer Tat verleiten, die er tausendmal um sich her, unter öffentlichen Privilegien begehen sieht – so wird er von der jauchzenden Rotte dem ehernen, unbarmherzigen Gesetz entgegengeschleudert, um dort zu verbluten. *Ich* will euer Beschützer werden, ihr beiden Unglücklichen, ich will euch euren Verfolgern entreißen, da ihr sonst auf der großen, weiten Erde keinen andern Freund habt. Jedermann, der euch erblickt, setzt euch feindlich nach, wohin ihr tretet, ist euch eine Falle gelegt und nur wenigen von euch ist es gegönnt, eines ruhigen Todes in eurer Heimat zu sterben. –«

Ich war einmal gerührt, und fuhr daher ungestört zu deklamieren fort:

»Wenn doch so manche, die sich verfolgen und anfeinden, einst ebenso unvermutet in eine enge Höhle zusammengeführt würden, um so zu empfinden, wie göttlich das Gefühl der Freundschaft und des Wohlwollens sei: um zu fühlen, wie nötig die Liebe den Menschen sei, und die gegenseitige Unterstützung und Ertragung der Fehler und Schwachheiten. Wie schnell würden sich Feinde aussöhnen und einer in den Arm des andern fliegen, wenn sie einst plötzlich von ihren Geschäften losgerissen würden, und in einer dunkeln Einsamkeit, ohne Hülfe und Trost dasäßen, nur den Bruder gegenüber sähen, den sie hassen. Aber die Menschen laufen ihre gewohnte Bahn in dem Getümmel fort, das sie betäubt: keiner reicht dem andern die Hand, kein Auge forscht nach dem höchsten Schatz des Lebens, nach der Liebe, die uns aus dem Blicke des Freundes begrüßt; in jedem, der uns entgegenkommt, sehn wir nur einen Menschen, der unsern Weg enger macht, und so verschmachten wir in einem seelenlosen Geräusch.«

Durch mein ganzes Leben habe ich den vorteilhaften Einfluß dieses unbedeutenden Abenteuers gespürt, darum mag mir der Leser meine Weitschweifigkeit verzeihen. Oft, wenn ich gleichgültig bei dem Elende meiner Brüder vorübergehen wollte, dachte ich von ungefähr an die Grube, und eine frische, erwärmende Menschenfreundlichkeit strömte zu meinem Herzen: oft reichte ich die Hand zur Versöhnung, wenn ich mich sonst vielleicht in einem kalten Haß verschlossen hätte. – Ich konnte nachher nie einen Muff von Fuchsfell sehn, ohne ein unwillkürliches Wohlwollen zu empfinden: er erregte bei mir ungefähr die Empfindung, die der gute ehrliche Yorick hatte, wenn er seine hörnerne Lorenzodose betrachtete. – Viele seiner Leser haben nachher aus empfindsamer Spaßhaftigkeit eine Lorenzodose geführt, ohne irgend etwas dabei zu empfinden, ja man hat sogar sagen wollen, daß ein *Lorenzoorden* existiert habe. – Ich habe mich nie mit diesen Spielereien der Empfindsamkeit vertragen können, sie setzen gewöhnlich Mangel an wahrer Empfindung voraus; ich wünsche nicht, daß jemand mir zu Ehren einen Orden errichte, dessen Kennzeichen ein Fuchsmuff, oder ein Hasenfell ist.

Aber niemand wird leugnen, daß oft ein unbedeutender Vorfall einen großen Einfluß auf die Wendung hat, die unser Charakter nimmt. – Auf einer meiner Reisen fiel in der Nacht der Wagen um, und es zerbrach etwas, das mich am Fortkommen hinderte. Es war im November und ein pfeifender Wind trieb einen schneidenden Regen durch die Luft; kein Haus, kein Dorf war in der Nähe, der Postillion ritt nach dem nächsten Flecken, um Leute zu holen, die den Wagen wiederherstellen könnten: ich wickelte mich in meinen Mantel ein, so gut es mir möglich war, aber ein empfindlicher Frost bemächtigte sich bald aller meiner Glieder. Mit ungeduldiger Sehnsucht sah ich dem Postillion entgegen, der immer noch nicht zurückkam. Ich ward unwillig, aber ich sah auch bald ein, wie sehr ich unrecht hatte, ich ging auf und ab, um mich etwas zu erwärmen und die Zeit zu verkürzen. Da dachte ich zum ersten Male recht lebhaft an euch Elenden, die ihr in einer armseligen Hütte dem Mangel und dem Froste preisgegeben seid, die ihr in der kalten Novembernacht ungeduldig den Aufgang der Sonne erwartet, und ängstlich die Tage abzählt, in welchen ihr die strengere Kälte fürchtet; die ihr mit einem Schrei des Erschreckens den ersten Schnee wahrnehmt, indes der Reiche schon in Gedanken die bunten Schlitten sieht und das Geklingle der muntern Pferde hört. – Seit jener Nacht fuhr meine Hand jedesmal in die Tasche, ohne daß ich es wußte, wenn ich im Winter einen Armen am Wege sitzen sahe, oder eine Mutter mir begegnete, die an ihrer Brust ihr Kind mit ihren Seufzern und Tränen zu erwärmen schien. – Der Unglückliche versteht den Unglücklichen am besten, und wenn uns Trübsale auch oft nur im Vorbeigehn *gestreift* haben, so ist uns schon dadurch das Geschlecht der Elenden nähergerückt.

Ich bin schon so tief in der Schuld meiner Leser, daß ich dieser Abschweifung wegen gar nicht einmal um Verzeihung bitten mag.

Ich hatte indes gar nicht bemerkt, daß es wirklich Nacht geworden war. Ich spürte große Müdigkeit, und legte mich bequemer, war aber sehr besorgt, daß noch irgendein zahmes oder wildes Tier mir von oben auf den Kopf fallen möchte: ich überließ mich dem gütigen Zufall, lehnte mich an die feuchten Wände meiner engen Wohnung und schlief endlich wirklich ein.

In der Nacht wachte ich oft auf, und hörte dumpf zu mir hinunter das Rauschen des Waldes, ich bog mich in mich selbst zusammen, soviel ich konnte, um nicht zu frieren und schlief weiter.

Ich erwachte, als einzelne Sonnenstrahlen an den Mauern meines Gefängnisses auf und nieder flimmerten, etwas erstarrt stand ich auf und glaubte in einiger Entfernung Menschenstimmen zu hören. Ich rief laut und schoß aus der Öffnung meine Büchse ab, aber ohne allen Erfolg. Meine beiden Freunde erschraken außerordentlich und der furchtsame Hase verkroch sich unter den Bauch des Fuchses.

Bis gegen Mittag wartete ich noch geduldig, als ich wirklich hörte, wie sich Leute der Grube näherten. Es waren Bauern, die nachsehn wollten, was sie gefangen hatten, und nicht wenig erstaunten, neben ihrem Fange auch einen Jäger zu erblicken. Sie schafften mich sogleich mit Stricken aus der Höhle, und nach mir wurden auch meine beiden Gefährten, jeder einzeln, herausgeholt. – Ich belohnte die Landleute reichlich für den Dienst, den sie mir geleistet hatten, doch unter der Bedingung, daß sie mir die beiden Tiere überlassen möchten. Mit dem herzlichsten Wohlwollen ließ ich nun den Hasen davonspringen, und als dieser eine ziemliche Strecke gelaufen war, ebenso den Fuchs, der sich in der Ferne noch ein paarmal sehr verständig nach mir umsahe, als wenn er mir für seine Freiheit danken wollte. – Die Bauern lachten über meine Narrheit, und brachten mich auf einen Weg, der mich aus dem Walde in ein benachbartes Dorf führen sollte; wir nahmen Abschied und jedermann von uns ging vergnügt seine Straße.

Eilftes Kapitel
Rückerinnerungen

Als ich kaum eine halbe Stunde durch den Wald gegangen war, trat ich ins freie Feld und erwachte wie aus einem Traum. Es war dieselbe Flur, in der ich meine Kindheit zugebracht hatte, ich sah schon das Dörfchen in der Ferne vor mir liegen. – Alle vorhergehenden Begebenheiten hatten mich zu einer Art von Schwärmerei gestimmt, und mit einem freudenvollen Schrei stand ich nun mit untergeschlagenen Armen still, und rief alle Erinnerungen aus meiner Kindheit in meine Seele zurück. Jeder Baum war mir fast noch bekannt, ich wußte jetzt recht gut, daß ich selbst diesen Teil des Waldes oft durchstrichen hatte; ich sah in der Ferne die blauen Berge liegen, hinter denen in der Kindheit alle meine Wünsche und Hoffnungen gewohnt hatten. Überall, wohin mein Auge sich nur wendete, begegnete mir eine angenehme Erinnerung und grüßte mich so zutraulich, wie ein Freund, der uns lange nicht gesehen hat. Dort stand die Windmühle vor mir, auf der ich so oft mit den Kindern des Müllers gespielt hatte, ich sahe durch die dichten Gebüsche den Fluß im Schein der Sonne flimmern, der mir tausendmal zum Baden gedient. – Ich stand lange und sann in dieser Heimat meiner Jugend, meinem bisherigen Leben nach: so wenige Jahre auch verflossen waren, so wenig Abenteuer ich auch erfahren hatte, so war mein Sinn doch durch ein Leiden geprüft, das mein Herz zerrissen hatte; ich hatte doch unterdes viele Resultate über mein Herz gesammelt, und den Schlüssel zu meinem innersten Selbst gefunden: manches, was mir sonst an mir groß und ehrwürdig erschienen war, kam mir nun wie Dunst und nichtiger Nebeldampf vor: ich war mit mir selber über hundert Erscheinungen in meinem Herzen einig, die ich sonst als fremde Wesen in einer ehrfurchtsvollen Entfernung betrachtet hatte. Von diesem Felde war ich ausgegangen, in die Welt hinein, und ich kam jetzt zurück in meine Heimat, klüger, aber bei weitem unglücklicher.

Wie mit dem ehemaligen Kindersinn schritt ich zwischen die wohlbekannten Äcker hindurch: jede Blume im Grase schien mir noch dieselbe, die mich damals so freundlich angeblickt hatte; ich verlor mich in einem süßen wonnevollen Rausch.

Oh, seid mir gegrüßt, ihr holden Erinnerungen der frohen Kinderzeit, wenn ihr aus den grünen Wipfeln der Bäume herabsteigt und mir jenen paradiesischen Traum wieder aufschließt, aus dem man als Knabe so ungern erwacht. Wie holdselig winkt uns durch einen rosenroten Schleier die Welt und die Zukunft an! Mit schuldlosem Herzen, ohne Harm und Neid, ohne Haß und Groll, wandeln wir dahin, mit zartem Wohlwollen den Busen ganz ausgefüllt: wir taumeln durch den goldnen Schein des Morgens fort, geben jedermann, der uns begegnet, einen frohen Händedruck, und ahnden nirgend Tücke und Bosheit, weil wir mit unserm eignen Sinn vertraut zu sein glauben. – Glückseliges Alter, in welchem der Mensch keine andern Wünsche und Hoffnungen kennt, als die dicht vor seinen Füßen blühen und die er mit seinen kleinen Armen abreichen kann: in jenen Jahren ist der Mensch glücklich und gut, sein späteres Leben ist ein unaufhörlicher, ohnmächtiger Kampf gegen Fehler und Schwachheiten, ein Rennen nach Wünschen und Hoffnungen, das ihm den Atem raubt und ihn die Freuden nicht bemerken läßt, denen er vorübergeflohen ist. – Sei mir gegrüßt, du holde Zeit! Schon die Erinnerung jener goldnen Frühlingstage, wenn sie durch unsre Seele zieht, macht uns froher und besser.

Ich kam nun dicht vor das Dorf. Fast alles war noch so, wie damals, als ich es verlassen hatte: nur wenige neue Hütten waren angebaut, eine ganz zerfallen. Jetzt sahe ich das Dach unsers Hauses herüberragen; ich lenkte um die Ecke, und stand nun vor der Wohnung, wo ich erzogen war. Die große Linde vor der Türe erinnerte mich an alle die schauerlichen Gespenstergeschichten, die man mir hier am Abend erzählet hatte, und an den Pater Bonifaz, der mich so oft an dieser Stelle zur Säule des sinkenden Christentums hatte einweihen wollen. Ich kam in den Hof, alles stand und lag umher, wie gewöhnlich, in der Scheune hört ich dreschen, nur ein unbekannter Spitz bellte mir unhöflich entgegen, und strebte, sich von der Kette loszureißen. Ich bedauerte im stillen den alten getreuen Phylax, öffnete die kleine Türe, und trat in die niedrige Wohnstube. Ich hatte sie ganz anders, und besonders viel geräumiger erwartet: wie im Traum ging ich auf die Mutter Marthe zu und schloß sie in meine Arme. Sie war erstaunt, kannte mich nicht und wußte gar nicht, was sie sagen sollte. Ich gab mich zu erkennen und bat sie um Verzeihung, daß ich mich nicht schon früher um sie und ihre Kinder bekümmert hätte. Ihre Tochter kam nach Hause und erstaunte nicht wenig, den kleinen Peter als einen großen Jäger wiederzufinden. Auch der Vater kam mit seinem Sohn von der Feldarbeit zurück und die Freude war nun allgemein. Ich mußte ihnen meine bisherige Lebensgeschichte erzählen, man konnte mich nicht genug von allen Seiten betrachten, man bewunderte meine Größe und noch mehr, daß ich designierter Burgemeister sei, man freute sich über mein gesundes Aussehn und noch mehr darüber, daß ich sie nicht vergessen hätte, da sie mich von Jugend auf so vorzüglich geliebt hatten. Man erzählte mir unordentlich durcheinander, daß Pater Bonifaz und Phylax gestorben wären, und daß man alle Tage fürchte, der Turm ihrer Kirche würde einfallen. Die guten Leute schienen durch meine Anwesenheit ebenso berauscht, als ich es war.

Wir setzten uns zu Tische: ein kleines ländliches Mahl ward aufgetragen und zwar noch in demselben Geschirre, aus welchem man mich großgefüttert hatte; ein einziger Teller war zerbrochen, und statt seiner ein neuer angeschafft; man wollte mir diesen zu meiner Ehre vorsetzen, ich griff aber nach einem alten, dessen rotgeschriebenen Spruch ich noch auswendig wußte. – Noch nie hatte mir ein Mittagsmahl so gut geschmeckt; eine allgemeine Heiterkeit machte, daß uns die Stunden wie Minuten verschwanden.

Der Vater blieb mir zu Ehren länger als gewöhnlich, er ging nur nach dem Acker, als ich ihm versprochen hatte, diese Nacht in seiner Wohnung zuzubringen. Er umarmte mich noch einigemal, dann verließ er mich: sein Sohn begleitete ihn, die Tochter besorgte die häusliche Wirtschaft.

Kaum sah ich mich mit der geschwätzigen Mutter Marthe allein, als mir zum erstenmal eine Frage einfiel, an die ich noch bisher gar nicht gedacht hatte. – »Wir sind allein, liebe Mutter«, fing ich an, »Ihr habt just, wie ich sehe, einige Zeit übrig; – sagt mir, wer bin ich eigentlich, da ich nicht Euer Sohn bin?«

»Lieber Lebrecht«, antwortete sie mir mit ihrer geschwätzigen Art, »ach, darüber ließe sich gar vielerlei sprechen: darüber ließen sich gar wunderliche Geschichten erzählen. Sonst durft ich nicht, jetzt ist es mir schon eher erlaubt, da du unterdessen, liebes Kind, zu Verstande gekommen bist.«

»Nun so sprecht, so erzählt' denn die wunderlichen Geschichten«, fiel ich ungeduldig ein: »ich bin endlich neugierig geworden, zu erfahren, *wer* meine Eltern sind.«

Die Sonne schien auf die Fenster der Stube, ich führte Marthe aus dem schwülen Zimmer unter die kühlen Zweige der Linde; ich wiederholte meine Bitte, Marthe fing ihre Erzählung an, und ich erfuhr, was der Leser auch erfahren wird, wenn er sich die Mühe gibt, das folgende Kapitel zu lesen.

Zwölftes Kapitel
Episode. – Der neue Siegwart, eine Klostergeschichte

Gleich beim Anfang dieses Kapitels stößt mir eine Bedenklichkeit auf, die nicht so klein ist, als sie vielleicht dem Leser scheinen mag. Wie bekannt, erzählt mir Mutter Marthe eine Geschichte, um mir zu sagen, wer meine Eltern sind; nun entsteht aber die große Frage, *wie* ich diese Erzählung vortragen soll? – Soll ich meiner guten alten Pflegmutter, die kein größer Glück kannte, als etwas zu erzählen, das Wort aus dem Munde nehmen und in meiner eigenen Person sprechen? Das wäre wahrlich eine große Undankbarkeit von meiner Seite, das hieße ihre zärtliche Sorgfalt für mich in meiner Jugend, ihre Freude, als sie mich jetzt wiedersah, sehr schlecht vergelten. Wenn ich sie redend einführe, wird meine Erzählung auch überdies noch dramatischer, die Darstellung wird lebendiger und für den Leser um so interessanter. – Ich war so eben schon entschlossen, die Erzählung anzufangen, als mir wieder meine alten Bedenklichkeiten einfielen. Mutter Marthe erzählte nämlich so weitläuftig, daß ihre Geschichte allein größer sein würde, als der ganze erste Teil dieses Werks. Das wäre aber eben kein groß Unglück gewesen, denn der Weitschweifigkeit sind die Leser schon an den Geschichten, die recht dramatisch sein sollen, gewöhnt; auch das schlechte und unrichtige Deutsch würde mich nicht abhalten, ihre Erzählung wörtlich nachzuschreiben, denn viele Leser würden die Unrichtigkeiten gar nicht bemerken und bei den andern könnten sie immer noch für treue Nachahmungen der Natur gelten: aber man würde schwerlich aus meiner guten alten Pflegemutter recht klug werden können, und obgleich meine Leser auch daran vielleicht durch viele der neusten Bücher gewöhnt sind, so lieb ich doch die Deutlichkeit gar zu sehr, als daß ich ihr nicht ohne Bedenken alle übrigen Schönheiten aufopfern sollte.

Ich erzähle also im Namen der Mutter Marthe:

Der Herr von Bührau hatte bis in sein fünfundzwanzigstes Jahr sehr fromm und eingezogen gelebt, als er von ungefähr auf den Gedanken kam, sich zu verheiraten. Es war leicht vorauszusehn, daß er als Ehemann nichts von seiner Frömmigkeit verlieren würde, denn seine Geliebte, das Fräulein Dölling, war noch frommer, als er. Sie sprachen oft zusammen, wie sie sich in ihrem künftigen Ehestande die Schriften des Alten und Neuen Testamentes erklären wollten; ob sie das Hohelied zu den apokryphischen Büchern rechneten, kann ich nicht sagen; genug, sie verlobten sich und der Hochzeitstag ward festgesetzt.

Alles ward zu diesem feierlichen Tage vorbereitet, die Gäste erschienen, der Tag selbst brach an, sie wurden getraut, man gratulierte, sie weinten fromme Tränen und die Gäste fingen an, sich im Rheinwein zu betrinken, als sie sich in eine stille einsame Laube des Gartens zurückzogen, um noch einmal miteinander zu überlegen, welche schwere Pflichten sie beide in ihrem jetzigen Stande zu tragen hätten. Sie rechneten sich die Liebe und die Geduld vor, die alle Eheleute, vermöge ihres Amtes, gegeneinander und miteinander haben müssen: die Sorgfalt für die Erziehung ihrer Kinder; kurz, sie machten sich mit allen den Pflichten Langeweile, die die meisten Verheirateten schon im ersten Vierteljahr der Ehe vergessen. – In der Nähe des Gartens war eine Kirche, und die Orgel schallte so feierlich in ihr frommes Ohr, daß sie dem Drange nicht widerstehn konnten, dem Gottesdienste beizuwohnen. Sie schlichen durch eine Hintertür aus dem Garten in die Kirche hinein. Ein begeisterter Kapuziner predigte gerade über den bekannten Text des Paulus: *Es ist besser freien, denn Brunst leiden.* – Er gab dem Apostel insoweit recht, daß er seinen Satz nicht geradezu für Unwahrheit erklärte: aber nach und nach erhob er den Stand der Unverehlichten mit so großen Lobeserhebungen, wie sie Gott und seinem Throne näher ständen, wie sie einst reinere Freuden schmecken würden, von denen die übrigen Menschen keinen Begriff hätten, daß Weiber und Mädchen häufige Tränen der Andacht vergossen. – Aber niemand ward von der Predigt so hingerissen, als die beiden Neuvermählten: sie gingen wieder mit frommen Vorsätzen nach Hause. Die Gäste hatten sie nicht vermißt, oder die sie vermißt hatten, mochten ihre Abwesenheit vielleicht einer ganz verschiedenen Ursache zuschreiben. Man brachte den Abend sehr fröhlich zu und die beiden Eheleute begaben sich in ihr Schlafzimmer.

Die Nacht ward nicht so hingebracht, wie es bei den meisten Leuten zu sein pflegt, die sich nun mit der Bewilligung des Priesters und dem Segen der Kirche umarmen dürfen; sondern sie fielen beide auf die Kniee und schickten andächtige Gebete zum Himmel, nicht etwa, um Segen für ihre Nachkommenschaft herabzuflehen, sondern um sich in ihrem sonderbaren Vorsatze zu stärken. Der Mann erklärte jetzt der Frau, daß er fest entschlossen sei, diese Nacht nicht anders als in Gebeten mit ihr hinzubringen, die Frau freute sich über diesen Entschluß: dann machten sie aus, daß sie in den künftigen Nächten, voneinander abgesondert, schlafen wollten, um den Versuchungen des bösen Geistes desto weniger ausgesetzt zu sein. Der Himmel verlieh ihnen die verlangte Stärke, oder Schwäche, wie man es nennen will und sie sahen mit unbeflecktem Gemüte den Aufgang der Sonne. Die Gäste gratulierten und brachten die gewöhnlichen Späße an, die ein jeder von seinem Vater schon geerbt hatte und die ohne Zweifel hergesagt werden müssen, wenn man eine Hochzeitfeier nicht für höchst mangelhaft erklären soll.

Kaum war ein Vierteljahr verflossen, als der Herr von Bührau, zum Erstaunen seiner Bekannten und zur Freude seiner Verwandten in ein Mönchskloster ging; als unbefleckte Jungfrau ging die Frau in ein Nonnenkloster. Seine Verwandten erbten seine Güter und nannten ihn einen frommen Mann; einige seiner Freunde, die gern an seinem Tisch gegessen hatten, nannten ihn einen Narren. – So verschieden ist das Urteil der Leute: man kann es unmöglich allen recht machen.

Meine Leser werden sich bei dieser Stelle gewiß überrascht finden, aber das ist eben die Kunst, um eine Episode interessant zu machen. Die meisten hätten gewiß darauf geschworen, daß der Herr von Bührau mein Vater wäre, und nun geht er plötzlich in ein Kloster und seine Frau wird Nonne. –

Kaum war der Herr von Bührau seit einem halben Jahre im Kloster, als er anfing blaß und mager zu werden und beständig über Krankheit, Herzensbangigkeiten und Brustbeschwerden zu klagen. Eine gewisse melancholische Wehmut hatte sich seiner bemeistert, er konnte stundenlang seufzen und die trüben Wände seiner Zelle ansehn. Er hatte ängstliche Träume, das Kloster ward ihm zu eng, er wünschte sich in die weite Welt zurück. Er dachte dann an seine Frau und verwünschte seine Frömmigkeit und den Kapuziner. Der Arzt fand seinen Puls mit jedem Tage bedenklicher; sein Zustand ward für gefährlich erklärt und der Prior gab endlich seine Einwilligung, daß der Pater Placidus, (so hieß der Herr von Bührau als Klosterbruder,) auf einen Monat ein Bad besuchen könne. Er reiste ab und atmete schon zufriedener die freie Luft des Himmels ein.

Ein seltsamer Zufall, oder die Natur, hatte es so veranlaßt, daß die Frau von Bührau alle die nämlichen Symptome an sich bemerkte. Ihr Arzt riet ihr ebenfalls die Brunnenkur, und ein noch seltsamerer Zufall machte, daß beide Eheleute, ohne daß sie es wußten, sich in einem und ebendemselben Bade aufhielten.

Der Pater Placidus ging häufig spazieren, am liebsten besuchte er einsame Gegenden, wo er sich ganz ungestört seiner Melancholie überlassen konnte; ebendies war auch bei seiner Frau der Fall. Hätte der Zufall, der schon so viel getan hatte, um sie zusammenzuführen, nicht auch das Letzte tun sollen?

Der nachdenkende Pater ging an einem schönen Tage dem Gemurmel eines Baches nach, der sich immer tiefer in dichtverwachsene Gebüsche hinabsenkte. Er setzte sich endlich in das weiche Moos und dachte von neuem über seinen Zustand nach; das Gemurmel des Bachs, der süße Gesang der Vögel versetzten ihn nach und nach in sehr empfindsam Träumereien; als er endlich von ungefähr aufblickte, steht eine schöne, weibliche Gestalt vor ihm, er betrachtet sie genauer, es ist seine Frau.

Anfangs waren sie beide erstaunt, sich hier zu finden; das Erstaunen mußte bald der Freude Platz machen, und die Freude wieder der Reue, daß sie beide einen zu voreiligen Schritt ins Kloster getan hatten. Alle diese Gespräche veranlaßten natürlicherweise eine Vertraulichkeit, die selbst in ihrem ehemaligen Ehestande nicht unter ihnen stattgefunden hatte: die empfindsame Nonne sank in das weiche Moos hinab, die Arme ihres Mannes fingen sie auf. Man vergaß Kloster und Klostergesetze, sie überließen sich ganz der Leidenschaft, die erst jetzt in ihnen erwachte; der Bruder Placidus vergaß seine Gebete zum Himmel zu schicken, Küsse, Seufzer und Umarmungen ließen ihm nicht Zeit, zu Worte zu kommen und als er endlich wieder Atem gewonnen hatte, war es zu spät.

Der Pater ward gesund, die Wangen der Nonne färbten sich wieder: beide reisten in ihr Kloster zurück.

Bald ward die Nonne, die ihr Gelübde vergessen hatte, durch ein Pfand unter ihrem Herzen daran erinnert. – Was konnte man tun? Sie suchte ihre Schwangerschaft zu verbergen, die man demungeachtet bald entdeckte. Sie gestand ihr Verbrechen, man verhörte den Pater Placidus, beider Aussagen stimmten vollkommen überein. – Ihr Verbrechen kam vor billige, menschliche Richter; man erwägte, daß sie durch das Ansehn der Kirche, Mann und Frau wären, man verzieh ihnen.

Die Nonne kam mit Zwillingen nieder, wovon der Männliche kein anderer ist, als der Held der Geschichte, *Peter Lebrecht*. Um seine Abkunft zu verbergen, hatte man ihn einer Bäuerin mit diesem unechten Namen zur Erziehung übergeben.

Von meiner Schwester hatte Frau Marthe weiter keine Nachrichten, als daß man sie in ein entferntes Dorf einer gewissen Frau Möhring zu erziehen gegeben habe. –

Es war unterdessen unter der Linde Abend geworden, ich ging mit der Erzählerin wieder in die Hütte, wir ergötzten uns in freundschaftlichen Gesprächen und an einem ländlichen Abendessen, dann ging ich schlafen. Froh und munter erwachte ich, ich beschenkte meine Pflegeeltern und verließ sie nach vielen zärtlichen Umarmungen.

Dreizehntes Kapitel
Ich verliere mein Amt und gewinne einen Prozeß

Man hatte mich auf den Weg nach dem Gute des Präsidenten gebracht und ich ging jetzt unter mancherlei Gedanken meine Straße. Ich hatte eine Braut verloren, war in eine Grube gefallen, hatte meine Pflegeeltern gefunden, um den Namen und die seltsame Geschichte meines wahren Vaters zu erfahren. Jetzt wußte ich zugleich, warum ich in meiner Kindheit eine so große Vorliebe für den geistlichen Stand gehabt hatte. – Ich hatte Stoff genug zum Nachdenken und stand schon, ehe ich es vermutete, vor dem Landhause des Präsidenten.

Man war meinetwegen in großer Angst gewesen, man hatte gefürchtet, ich könnte in meiner Melancholie wohl gar einen desperaten Entschluß fassen; Louise war noch immer nicht aufgefunden.

Ich ging mit dem Präsidenten auf sein Zimmer und erzählte ihm mein Abenteuer und meine Entdeckung; er war erstaunt und dachte lange über die sonderbare Geschichte nach. Es entstand jetzt die Frage, ob man mir die Güter, die mir eigentlich gehörten, nicht wieder verschaffen könnte: er versprach, mich mit seinem ganzen Einflusse zu unterstützen.

In weniger Zeit war ein förmlicher Prozeß eingeleitet. In dieser Periode meines Lebens ward ich es vorzüglich inne, wie unschätzbar ein Freund ist, dessen Macht uns beschützen kann: der Ausgang meines Streites wäre immer zweifelhaft gewesen, ja es ist mir jetzt sogar wahrscheinlich, daß ich den Prozeß verloren, wenn sich der Präsident nicht meiner väterlich angenommen hätte. Durch seine Freunde und durch Leute, die wieder Gefälligkeiten von ihm erwarteten, brachte er es endlich dahin, daß die Güter, die bis jetzt ein Eigentum meiner Verwandten gewesen waren, mir zugesprochen wurden.

Ich war jetzt Herr eines großen Vermögens; um aber allen künftigen Schikanen zu entgehn, verkaufte ich meine Besitzungen sogleich wieder für eine sehr ansehnliche Summe an meine Verwandten, und beschloß nun, erst eine Gegend aufzusuchen, wo es mir genug gefiele, um mich dort häuslich niederzulassen.

Ich dankte dem Präsidenten, dem ich nie genug danken konnte, legte mein noch nicht angetretenes Amt wieder nieder und machte mich zur Abreise fertig. Ich hoffte auch noch meine Braut unterwegs anzutreffen und diese Hoffnung war eine Ursache mehr, sehr bald abzureisen.

Ich brachte mein Geld auf eine sichere Art unter, besuchte noch einmal meine guten Pflegeeltern und belohnte, so viel als möglich ist, ihre Liebe für mich; dann machte ich mich auf den Weg, um Abenteuer aufzusuchen.

Vierzehntes Kapitel
Ich lerne meinen Vater persönlich kennen

Es fiel mir ein, daß es doch wohl nicht mehr als billig sei, mich nach meinen eigentlichen Eltern zu erkundigen. Auf meine Erkundigungen erfuhr ich, daß meine Mutter schon gestorben sei, daß aber mein frommer Vater noch lebe. Ich reiste sogleich nach der Gegend, in welcher sein Kloster lag.

Die Gegend war einsam, aber sehr angenehm, das Kloster lag auf einem Berge, von wo man weit umher blühende Gefilde und Städte und Dörfer übersahe.

Ich ließ mich im Kloster melden und empfand einen kleinen Schauder, als ich die dunkeln Kreuzgänge hinunterging und in die engen trüben Zellen der Mönche hineinblickte. Das Kloster kam mir vor, wie eins von den dunkeln unterirdischen Zauberschlössern, von denen ich zuweilen in meiner Kindheit hatte erzählen hören, in welchen eine Schar von Menschen auf ihre Lebenszeit hineingebannt war, um hier wie in einem Grabe zu existieren.

Ich hatte gleich nach Endigung meines Prozesses wieder meinen schlichten Namen Peter Lebrecht angenommen und unter diesem ließ ich mich beim Pater Placidus melden. Er stand bei einem Blumenbeete und betrachtete mit einem aufmerksamen Auge die aufblühenden Aurikeln. »Sehn Sie«, kam er mir mit einem heiligen Ton entgegen, »Wie man allenthalben in der Natur die Erinnerung an den Tod findet, alles winkt und deutet auf unsre Sterblichkeit, damit uns der Gedanke an den Tod stets einen neuen Antrieb zur Tugend gebe.«

Ich verbeugte mich und sah ihn mit einem mitleidigen Lächeln an, mit einer andächtigen Miene wandte er sich wieder zu seinen Aurikeln.

O armseliges Menschengeschlecht! dachte, oder sagte ich meinem Innern: auserlesen, um die Liebe zum Leben wie eine Sünde zu betrachten. Ihr Elenden, die ihr hier lebendig eingegraben seid, auf immer von der Natur und allen ihren Freuden verstoßen! Losgerissen von allen Menschen, ist euch die Tätigkeit, das Wirken unmöglich, Gesänge sind eure Tugend, eine versäumte Hora euer Laster; wenn ihr euer eingesunkenes Auge in trübem Grübeln auf ein welkes Blatt heftet, so bildet ihr euch ein, mehr getan zu haben, als der Mann, der im Getümmel der Welt mit himmlischer Menschenfreundlichkeit seine sinkenden Brüder unterstützt. – Was ist bei *euch* Tugend? – Die Regeln eures Ordens. – Das geadelte Leben des Menschen ist die Ausbildung seiner Vernunft und seiner Gefühle, euch ist beides unnütz und unmöglich. Jedermann strebt aus dem dumpfen Schlaf zu erwachen, der ihn an die Tierheit fesselt und euer Dasein ist ein einziges Bestreben, immer tiefer und tiefer in diesen Todesschlaf zu versinken.

Es war sehr gut, daß mein frommer Vater nichts von diesem inwendigen Gespräche verstand, er nahm mein Stillschweigen für mitgefühlte Andacht und führte mich mit großer Zufriedenheit durch alle Gänge des kleinen Gartens, zeigte und erklärte mir das, was angepflanzt war, und konnte nicht genug eine *Passionsblume*, die in der Nacht aufgebrochen war, bewundern.

Ich bat ihn, mir auch seine Zelle zu zeigen. Wir verließen den Garten und er führte mich auf sein enges, dunkles Zimmer. Matt und gedämpft brach der muntre Sonnenschein durch die kleinen getrübten Scheiben, ein Kruzifix hing an der kahlen schwarzen Wand, ein andres stand auf einem kleinen Tische, in einem Winkel ein Bett.

Ich sagte ihm hier, wer ich sei und schloß ihn in meine Arme. Eine milde Röte leuchtete in seinem blassen Angesichte auf, er schien verlegen, er schlug die Augen nieder und drückte mich dann mit Innigkeit an seine Brust. »Mein Sohn!« rief er aus; »o ich danke dem Himmel, daß er meine Bitten erhört hat, und ihn mir von Angesicht zu Angesicht zeigt!«

Wir setzten uns beide und der alte Mann schien sich nach vielen Jahren zum ersten Male wieder als *Mensch* zu fühlen.

»Aber, mein Sohn«, sagte er nach einer langen Pause, in welcher er mich aufmerksam betrachtet hatte, »ich finde in deinem Gesichte eine auffallende Ähnlichkeit mit deiner Mutter, folge ihrem und meinem Beispiele und verlaß das unruhige Getümmel der Welt, wo unser ganzes Leben nichts als ein Kampf gegen Laster und Schwachheiten ist. Zwischen den stillen Mauern eines Klosters kannst du ruhig leben, ohne zu fürchten, Gott in jedem Augenblicke zu beleidigen; jeder Tag hat hier sein bestimmtes Tagewerk, ein Gebet reiht sich an das andre, keine Versuchungen fallen dich an. Hier gibt es keine Vorfälle, in welchen du das Gleichgewicht verlieren und ungewiß sein kannst, ob die *Tugend* in einer gewissen Lage wohl *Tugend* sei. Nein, hier geht dein Leben immer geradeaus, folge meinem Rate, mein Sohn, und meinem Beispiele.«

Ich fand dazu jetzt weniger Beruf als je; ich nahm einen zärtlichen Abschied von meinem Vater und verließ seinen trübseligen Aufenthalt. – Er sah mir wehmütig nach, als ich wieder in das unruhige Gewühl des Lebens und der Menschen hinunterging; ich habe ihn seitdem nicht wiedergesehn.

Funfzehntes Kapitel
Reisebeschreibung

Ich komme nun endlich zu einem Kapitel, auf das ich mich schon vom Anfange meines Buchs gefreut hatte, weil es eigentlich das werden sollte, welches meiner Erzählung ihren eigentlichen Wert und ihre Nutzbarkeit geben sollte: und nun ich endlich so weit gekommen bin, weiß ich nicht recht, was ich mit diesem Kapitel anfangen soll. Ganz auslassen möcht ich es nicht gern, und doch weiß ich nicht eigentlich, was ich erzählen soll. Ich hatte mir nämlich vorgenommen, hier eine gründliche statistische Nachricht von ganz Europa einzuschalten, um dadurch mein Buch für die lesebegierige Jugend recht nützlich und anziehend zu machen, mir auch daneben die naseweisen Anmerkungen mancher Rezensenten abzuweisen, daß meine ganze Erzählung keinen eigentlichen *praktischen* Nutzen habe. Ich hatte mir schon alle Bücher zurechtgelegt, die ich hier ausschreiben wollte, als mir zu meinem größten Unglücke einige Bedenklichkeiten einfielen.

Die gefährlichste Klippe eines Schriftstellers ist *Langeweile*; wer vor dieser glücklich vorbeisegelt, hat immer schon einen sehr großen Vorteil gewonnen, wenn sein Schiff auch nur mit Ballast geladen sein sollte. Ich fürchtete also, und wahrscheinlich sehr mit Recht, daß diese vortreffliche Ladung für mein kleines Fahrzeug zu schwer sein würde, und ließ alles liegen.

Ich will also nur ohne alle geographische und statistische Nachrichten erzählen, daß ich zuerst Deutschland, mein geliebtes Vaterland, durchreiste. Man könnte mich am Ende für einen gefährlichen Menschen halten, wenn ich von diesem Lande nicht alles Gute sagte und darum will ich lieber gar nichts davon sagen.

In Frankreich mißfielen mir die Reichen und jammerten mich die Armen: vor lauter *bon ton* konnte man mit niemand umgehn. Ich hielt mich aber doch ziemlich lange in diesem Lande auf, weil es mir im ganzen außerordentlich gefiel.

Daß ich mich verleiten ließ, über die Pyrenäen zu gehn, um dem altfränkischen, rechtgläubigen, hausmütterlich faulen Spanien einen Besuch abzustatten, mag mir der Himmel vergeben, denn es gereut mich noch am heutigen Tage. Ich war in einer unaufhörlichen Angst vor der heiligen Inquisition; ein paarmal ward ich auf der öffentlichen Landstraße beraubt, und zwar von denselben Leuten, die ich für mein Geld angenommen hatte, um mich gegen Räuber zu schützen.

In Italien hatte ich mancherlei Abenteuer, die aber zu weitläuftig sind, als daß ich sie hier erzählen könnte. Von den *Antiken* habe ich viel gelitten; ich ließ mir zum Unglücke einfallen, ein Kunstkenner zu werden, und da bin ich um vieles Geld betrogen worden. Eine Menge ganz moderne Antiken stehn noch immer in meinem Studierzimmer und predigen mir unaufhörlich die Wahrheit: »Was deines Amts nicht ist, da laß deinen Fürwitz!« – Indessen, was hätte ich auch Großes damit anfangen können, wenn alle die Onyxe und Carniole, die ich besitze, nun auch wirklich unter August oder Tiber geschnitten wären? Sie kommen mir jedesmal, wenn ich sie betrachte, recht niedlich vor, und so habe ich ihnen denn den Fehler, für den sie gar nicht können, vergeben: daß nämlich das *Altertum* nicht an ihnen klebt. – Doch betrachte ich einen schöngeschnittenen *Käfer* immer mit einer vorzüglichen Ehrfurcht, weil ich von diesem glaube, daß er echt ist: er hat vielleicht vor zweitausend Jahren einmal an einer ägyptischen Kinderklapper seine Rolle gespielt. – In Neapel wär ich fast erstochen worden, weil man eifersüchtig auf mich war, doch kam ich durch einen *Zufall* noch mit dem Leben davon: oh, der *Zufall* ist ein herrliches Ding, ihm hat der Leser diese ganze Geschichte zu danken, denn wäre ich in Neapel erstochen worden, so hätte ich höchstens ein Gespräch im Reiche der Toten schreiben können, und die sind jetzt aus der Mode gekommen.

Ich reiste über Frankreich zurück und von da nach England. Die ganze Insel ist voll von seltsamen Leuten, ein gutes Volk und ein böses, je nachdem man es gerade trifft, oder macht; phlegmatisch und voll Enthusiasmus. – Ich besah alle Merkwürdigkeiten des Landes, aber nirgends schlug in mir mein Herz so hoch und so ungestüm, als in dem Hause, in welchem Shakespeare geboren ist. Ich sah im Geiste den großen Sterblichen dort durch die Zimmer gehn; ich belauschte ihn bei seinen Arbeiten, die seiner Feder entflossen zu sein schienen, ohne daß er selbst ihr hohes Gepräge, ihre Göttlichkeit geahndet hat. – Es gab mir einen Stich ins Herz, als ich vor der Kirche in Stratford vorbeiging, in welcher seine Asche ruht, daß auch er, wie der Elendeste seines Geschlechts, durch das Leben hat hindurchgehen müssen, ohne daß wir es begreifen können, wohin er gegangen ist.

Ich wollte nicht weiter nach Norden reisen, weil ich einen großen Abscheu vor dem Froste habe; ich beschloß also, in mein Vaterland zurückzukehren.

Allenthalben machte ich die Erfahrungen, die Scarmentado auf seinen Reisen gemacht hat. Es ist also überflüssig, wenn ich noch ein Wort über meine Wanderungen sage.

Sechzehntes Kapitel
Hannchen

Ich kam zurück und mein alltägliches Vaterland kam mir nach meinen Reisen mit einem Male ganz neu vor. So wie ein altes Kleid, das wir verdrüßlich in den Schrank hängen und es in langer Zeit nicht ansehn, uns hernach wieder besser und neuer vorkommen kann: so ging es mir gerade mit meinen Landsleuten, mit ihren Sitten, ihrer Sprache, ihren Städten und Dörfern, Weibern und Töchtern. Das Alltägliche und Langweilige bestimmen und messen wir immer nach dem, was dicht um uns herum ist, das, was uns ergötzen soll, suchen wir immer in der Ferne. Von Jugend auf ist es unser Studium gewesen, uns alles *Fremde*, Sitten, Sprache, Kleidertrachten u. s. w. *gewöhnlich* zu machen; wir sollten es nur einmal versuchen, uns das *Gewöhnliche fremd* zu machen, und wir würden darüber erstaunen, wie nahe uns so manche Belehrung, so manche Ergötzung liegt, die wir in einer weiten, mühsamen Ferne suchen. Das wunderbare Utopien liegt oft dicht vor unsern Füßen, aber wir sehn mit unsern Teleskopen darüber hinweg. –

Ich kam also in Deutschland zurück: der Präsident war indes gestorben, und sein ältester, genievoller Sohn hatte die Welt noch immer nicht erleuchtet, ich hörte nichts von Louisen und hatte sie, ich muß es zu meiner Schande gestehn, fast vergessen.

Ich bin ein sehr großer Freund von Fußreisen, und auf diese Art durchstreifte ich auch einst eine der angenehmsten Gegenden von Deutschland, die in einer ziemlichen Entfernung von W....und dem Orte meiner Erziehung lag. – Es war am Nachmittage und die Sonne ziemlich schwül, als ich in ein dichtes, angenehmes Gehölz trat. Mir fiel von ungefähr mein Abenteuer im Walde und in der Fuchsgrube wieder ein und natürlicherweise auch meine seltsame Hochzeit mit Louisen, die noch immer nicht vollzogen war. Ich ging mit diesen Gedanken einen angenehmen Fußsteig hinab, der sich in hundert Krümmungen um die Bäume schlängelte, bald einen kleinen Hügel hinauf-, bald wieder in ein niedliches Tal hinabführte; die Sonne konnte nur an einzelnen Stellen durch die dichtgeflochtene grüne Decke des Waldes dringen und eine liebliche Kühlung säuselte in den Gebüschen; ich überließ mich meiner poetischen Stimmung und mochte wohl ein paar Stunden so gegangen sein, als ich plötzlich bei einer alten Eiche stillstand und meinen Gang und meine Gedanken unterbrach.

Die Ursache dieser Unterbrechung war ein allerliebstes Bauermädchen, das sich auf die anmutigste Art von der Welt im Schatten des Baums gelagert hatte und dort unbefangen und sorgenlos schlief. Ihr blondes Haar hatte sich aufgelöst und wiegte sich im Grase, ihre weiße Brust hob sich ruhig, ihr Arm hing noch halb an einem Körbchen, das mit Früchten angefüllt neben ihr stand.

Ich blieb stehn und konnte von dem reizenden Schauspiele mein Auge gar nicht wieder wegwenden. – Wenn nur keine Schlange, oder kein Tier ihr zu nahe kömmt, sagte ich zu mir selbst, und beschloß, hier so lange acht zu geben, bis sie aufgewacht sein würde.

»Welch schönes Gesicht!« sagte ich leise, »welche frischen Lippen! Welche Unschuld auf den Wangen! – Wenn in diesem Körper eine unbefangne Seele wohnt, ein gerader und richtiger Verstand, was könnte sich dann ein ehrlicher Mann wohl mehr an der Gefährtin seines Lebens wünschen? – Vielleicht Sprachen? – Damit sie sich in keiner natürlich ausdrücken könnte. – Musik? – Ein einfaches Mädchen hat gewöhnlich einen Instinkt zum Singen, wie die Vögel im Walde, und ihre Gespenstergeschichten und naiven Schäferlieder haben mehr Sinn, als die langweiligen und gedrechselten Arien und Rondos, mit denen die Ohren in den Konzerten und Schauspielen so oft geplagt werden: triviale Allgemeinplätze in Poesie und Musik. – Feine Welt? – Ich liebe die ungekünstelte ungeschminkte Natur mehr. – Stand? – Ach guter Peter Lebrecht, von diesem Vorurteile hast du dich ja schon lange losgemacht.

Nun denn also, Freund, was hindert dich, so glücklich zu werden, als es ein Menschenkind auf dieser Welt nur werden kann? – Fühlst du nicht schon einen geheimen Zug, der dich an dieses Mädchen fesselt? – Lege, wenn sie erwacht, ihre Hand in die deinige, und lade in dieser schönen Gegend ein stilles, häusliches Glück bei dir zu Gaste! – Vergiß die ganze leere geräuschvolle

Welt und lebe dir, der Liebe und der Menschenfreundlichkeit in einer gefühlvollen, lebendigen Einsamkeit!

Aber halt, Freund Lebrecht, daß du auch nicht die Rechnung ohne den Wirt machst! – Sollte sich dies Mädchen nicht irgendeinen gesunden, geraden jungen Burschen zum Geliebten auserkoren haben? Willst du das Glück zweier Menschen stören, und dich mit deinen Anträgen in die Eintracht der Familien drängen? – Nun, wir wollen den Erfolg abwarten.«

Ich stand noch eine ganze Welle so und sprach und disputierte mit mir selber. Endlich schlug das Mädchen ein Paar große, himmelblaue Augen auf; es war, als wenn sich am ersten Frühlingstage die Wolken verziehn und ein warmer Sonnenblick durch den blauen Luftraum dringt. Sie sahe mich und ward verlegen, sie wußte nicht, was ich wollte und was sie aus mir machen sollte. – Mein Herz war warm geworden und es wäre mir etwas Leichtes gewesen, in Versen zu sprechen; da ich sie aber damit nicht erschrecken wollte, schwieg ich noch eine Weile still, um meinen Verstand zu einer gesetzten Prose zu sammeln.

Wir erklärten uns endlich gegenseitig und ich bot mich an, sie nach Hause zu begleiten. Sie hatte nichts gegen diesen Antrag einzuwenden und wir gingen nun, so viel als möglich war, den Fußsteig nebeneinander. Unterwegs erzählte sie mir, daß ihr Vater ein Pächter und dabei ein guter Mann sei, daß er viel auf sie halte, weil sie seine einzige Tochter sei, und daß sie ihm auch alles zu Gefallen tue, was sie ihm nur an den Augen absehen könne: daß sie ein gewisser Christel gern heiraten wollte, daß sie ihn aber nicht möge, weil er ihr zu dumm sei, daß ich nur zu ihrem Vater mit hineinkommen solle, daß er gerne mit fremden Leuten umgehe, um sich von ihnen etwas erzählen zu lassen.

Ich ward von dem Mädchen, von ihrer Unbefangenheit und der Art sich auszudrücken, immer mehr bezaubert; die zutrauliche Dämmerung, die jetzt hereinbrach, und den Wald geheimnisvoll und magisch machte, trug auch das ihrige dazu bei, um mich an das schöne Mädchen noch mehr zu fesseln.

Wir kamen jetzt an einen kleinen runden See, in dem sich die Abendröte spiegelte, an der Seite lag ein niedliches Häuschen und daneben streckte sich ein kleines Dorf einen Hügel hinan. Es war ein erquickender Anblick, die Hütten zu sehn, vor uns das Wasser und den grünen, dämmernden Wald. Wir gingen in das Haus und der Vater empfing mich sehr freundlich: er war schon seiner Tochter wegen besorgt gewesen und dankte mir sehr herzlich, daß ich sie nach Hause begleitet hatte. – Es war ein gerader, schlichter Mann, der gern Neuigkeiten hörte und gern erzählte, der sich für einen der merkwürdigsten Menschen in der Welt hielt, weil er in seinem Dorfe der angesehenste war. Aber bei allen seinen Schwachheiten war Pächter Martin doch ein sehr liebenswürdiger Mann, wenn man es nämlich überhaupt der Mühe wert finden will, die Menschen zu lieben.

Ich blieb einige Wochen im Dorfe, ich wurde beim Vater immer mehr bekannt und mit Hannchen immer vertrauter. Ich entdeckte mich dem Alten und er war vor Entzücken außer sich, daß er einen Schwiegersohn bekommen sollte, der kein Bauer wäre: wie die Welt da die Augen aufreißen würde, meinte er.

Ich spielte mit Hannchen noch einmal dasselbe tändelnde Spiel durch, das meine Phantasie schon einmal in Louisens Gegenwart beschäftigt hatte: nur war Hannchen noch weit ungekünstelter als Louise, sie verliebte sich wirklich in mich, da bis jetzt noch kein Gegenstand ihr Herz gerührt hatte.

Die Liebe ist ein Frühling, der uns in jedem Jahre von neuem entzückt: in jedem Mai bilden wir uns ein, noch kein einzigesmal so empfunden zu haben.

Es gibt in dieser Welt kein schöneres Schauspiel, als der Anblick einer guten, unbefangenen Seele, die uns mit jedem Tage mehr entgegenkommt, sich mit jeder Stunde inniger an unser Herz schließt, auf jeden Ton des Mundes horcht, und jede Meinung des Geliebten, auch über den geringfügigsten Gegenstand, wichtig und voll Bedeutung findet. Eins lebt und wohnt im Auge des andern, die Blicke aufeinander geheftet, die Hände ineinander gedrückt, die Seelen ineinander geflochten, wandeln sie durch ein Paradies und bleiben bei jeder Blume mit gemeinschaftlichem Entzücken stehn. – O wer nie geliebt hat, gleicht dem Wurm, der in seinem eigenen, engen Gespinste stirbt: er lebt in einem trüben, beschränkten Eigennutz, er kennt nur den schlechtern Teil seines Wesens. Wohl ihm, wenn auf den Wink der Liebe sich die glänzenden Fittige aus ihm entwickeln, neue Sinne auftun und ihm neue Freuden brüderlich entgegenkommen; in der Liebe der Geliebten findet er sich verjüngt, neue Tugenden wachen in seinem Busen auf, alles, was wüst und dunkel in ihm lag, wird wie vom goldnen Schein der Morgensonne erleuchtet.

Ich ward mit Hannchen verlobt, und wir waren beide unaussprechlich glücklich. –

Siebzehntes Kapitel
Seltsame Zusammenkunft

Um Hannchen Vergnügen zu machen, besuchte ich zuweilen mit ihr die benachbarten Gegenden. Sie freute sich außerordentlich, wenn sie sah, wie die Welt doch weit größer sei, als sie sie sich gedacht hatte; jede Kleinigkeit war ihr merkwürdig.

So besuchten wir einige merkwürdige Ruinen, die ungefähr zehn Meilen von unserm Dorfe lagen. Es war schön Wetter, eine schöne Gegend, durch die der Wagen rasch dahinfuhr, wir waren sehr froh und zufrieden. Hannchen ergötzte sich an der Aussicht von der zertrümmerten Burg herab und fürchtete sich dann wieder vor den wilden, zerstreuten Steinmassen. – Ein kleiner Junge kletterte sehr dreist unten am Berge herum, er schien kaum fünf Jahr zu haben; plötzlich fiel er von einem steilen Absatz des Berges hinunter, Hannchen schrie laut auf und ich sprang hinab, um ihm zu helfen.

Er war verwundet, aber nicht gefährlich; ich fragte, wo er hingehöre, und er zeigte auf ein nahe stehendes großes Haus. Hannchen ging wieder ins Wirtshaus und ich trug das Kind selbst hinüber.

Ich sahe, daß das Haus einem Edelmann gehören müsse, denn mir kamen mehrere Bediente entgegen; ich ließ mich melden, die Mutter saß in ihrem Zimmer. Kaum hatte sie die Nachricht vom Vorfalle bekommen, so flog sie weinend auf das Kind zu, küßte es heftig und schalt dann wieder seine Unart, verband es sorgfältig und gebot ihm, sich künftig mehr in acht zu nehmen. – Erstarrt, erschrocken und wie in einem Traume stand ich indessen an einer Wand gelehnt, denn diese Mutter war niemand anders, als meine *Louise*.

Sie tat einen lauten Schrei, als sie mich bemerkte. Sie schien ungewiß, in Zweifeln, ob sie sich auch nicht irre: ein Bedienter ging indes durch das Zimmer, und nannte von ungefähr eine Frau Mörnig, die das Kind schon wieder heilen würde. Der Name war mir bekannt, ich ward nachdenkend und glaubte am Ende den wunderbaren Zusammenhang des Ganzen gefaßt zu haben.

Ich erkundigte mich nach dieser Frau, sie war die Erzieherin Louisens gewesen; ich sank jetzt mit neuer Liebe an Louisens Brust, es war meine *Schwester*.

Sie fand sich bald in den Zusammenhang unsrer Geschichte, sie erzählte mir, daß sie an unserm Hochzeittage von Bärenklau entführt sei, daß sie ihn anfangs gehaßt und beständig geweint habe, fortgefahren habe, ihn zu hassen, aber ohne zu weinen, daß seine Bemühungen, seine unabänderliche Liebe endlich ihr Herz gerührt hätten, daß sie nun von neuem angefangen habe zu weinen, daß von mir gar keine Nachrichten angekommen, oder vielleicht alle von ihrem Geliebten versteckt worden wären. Der Onkel sei indes gestorben und sie sei seine Frau und Mutter von zwei Kindern geworden.

Wir standen noch Arm in Arm, als Bärenklau hineintrat. Sein Erstaunen war nicht geringe, mich hier zu finden, er vereinigte seine Freude mit der unsrigen, als wir ihm unsre Entdeckung mitteilten.

Ich hatte mir indes dicht bei meinem Schwiegervater ein kleines, aber bequemes Haus bauen lassen, ich sah meine Schwester oft und Hannchen alle Tage. –

Und was weiter?

Und hier ist fürs erste meine Geschichte aus. Ich ward mit Hannchen verheiratet, unsre Hochzeit war ein Fest für die ganze Gegend.

Und? –

Oh, ich sehe, es ist Zeit, daß ich meine Geschichte schließe. –

Hier wäre nun also der erste Teil meiner wahrhaften Geschichte beschlossen. Viele Leser werden nicht begreifen können, was denn der folgende Teil enthalten solle, da in diesem nun alles, was etwa noch interessieren könnte, beigelegt und in Richtigkeit gebracht ist. – Man hat sich in sehr vielen Romanen daran gewöhnt, daß jeder Teil mit einem Donnerschlage schließt und der Verfasser seine Leser jedesmal auf der letzten Seite plötzlich aus den Wolken fallen läßt, daß sie dann mit einem Male dastehn, sich umsehn, und nicht wissen, wie ihnen geschehn ist, dann häufig in den Buchladen oder zum Bücherverleiher laufen, und sich nach dem zweiten Teile des *interessanten* Buches außer Atem fragen.

Für diese Leser mein Buch auf die gehörige Art zu schließen, wäre wahrhaftig für mich das größte und schwierigste Kunststück gewesen. Denn wenn ich auch unredlicherweise von der Wahrheit meiner Geschichte hätte abweichen wollen, welche Erfindung hätte ich wohl auftreiben können, um diese flüchtigen Gönner festzuhalten? – Hätte ein schrecklicher, kleiner, lächerlicher, gräßlicher *Kobold* mein Haus mit einem Male besuchen und mir ein entsetzliches Unglück prophezeien sollen? – Das ging nicht an, denn ich hatte gleich in meinem ersten Kapitel gesagt, daß ich mich mit solchen Narrenteidingen gar nicht einlassen wollte. – Oder hätte meine Frau Hannchen wieder plötzlich verschwinden sollen? – Der Vorfall war in meiner Geschichte schon einmal dagewesen; obgleich viele Leute überzeugt zu sein scheinen, daß eine Frau ein Gut sei, das man nicht zu oft verlieren und wiederfinden könne* . – Kurz, ich hätte wirklich keinen Ausweg gewußt.

* Siehe den *Genius* von Grosse.

Bei ähnlichen Büchern als der *Genius*, fällt mir immer eine Geschichte von einem Geizhalse ein; vielleicht ist sie nicht allen meinen Lesern bekannt, und da sie nur kurz ist, will ich sie noch erzählen.

Ein Mann, der sehr geizig war, wollte doch seinen Freunden einmal ein Fest geben. Er konnte es aber nicht über sein karges Herz bringen, daß er von allen Gerichten so viel besorgt hätte, daß sich seine Gäste hätten sättigen können; um jeden Vorwurf aber von sich abzulehnen und es zugleich so einzurichten, daß von den aufgetragenen Speisen noch auf den morgenden Tag etwas übrig bliebe, erfand er folgendes Mittel. Er sagte nämlich gleich beim Anfang der Mahlzeit seinen Freunden von einem überaus delikaten Kuchen, den er habe backen lassen, sie möchten sich also den Appetit nicht zu sehr an den schlechtern Speisen verderben. Die Erwartung war gespannt, der Gaumen gereizt, man aß von allen Schüsseln nur wenig, weil man immer den vortrefflichen Kuchen erwartete. Er kam aber nicht, der Wirt entschuldigte sich damit, der ganze edle Kuchen sei unglücklicherweise die Treppe heruntergefallen, und die getäuschten Gäste mußten nun ihren Hunger mit Brot und schlechter Butter befriedigen.

Hast du nicht, lieber Leser, statt dieses versprochenen Kuchens, eine Schüssel ausgemerzter tauber Nüsse im Genius und andern Erzählungen dieser Art gefunden?

Fern sei es daher von mir, irgend etwas zu versprechen, was ich nicht imstande bin, zu halten. – Für wen dieser erste Teil nicht ganz langweilig gewesen ist, dem verspreche ich auch im folgenden einige Unterhaltung; dieser Leser kann dann diesen ersten Teil gewissermaßen als eine Vorrede zum zweiten ansehn, in welchem sich Charaktere, Personen und ihre Art zu denken mehr entwickeln werden. –

Ich habe im schlechten Wetter dieses erste Bändchen, neben meiner Frau sitzend, geschrieben. Es werden noch mehr regnichte Tage einfallen und ich habe noch manches auf dem Herzen, worüber ich wohl mit einem guten Freunde schwatzen möchte. Wenn also zuweilen jemand von den ewigen Revolutionen und politischen Systemen, philosophischem Gezänk und mystischen ästhetischen Abhandlungen, Geister- und Rittergeschichten müde und betäubt weggeht, um sich zu erholen, und ich habe ihm nicht ganz mißfallen, so kann er mich am kleinen See vor meiner Tür sitzend antreffen und ich will ihm dann auf meine Art meine Geschichte weiter vorschwatzen, die freilich kein Grausen, kein Erstarren, kein Zähnklappen erregt; aber desto besser, so kommen meine Zuhörer wenigstens ohne Fieber davon.

Neunzehntes oder letztes Kapitel
Die moralische Tendenz dieses Buchs

Beinahe hätt ich noch zu guter Letzt das Beste vergessen und hätte meine Geschichte so, wie einen Hund ohne Schwanz, in die Welt hineinlaufen lassen. Ich hätte wahrhaftig mit meiner Zerstreuung übel ankommen können, ich hätte lieber meine ganze Geschichte ungeschrieben lassen sollen, als sie ohne *moralische Tendenz* zu schreiben. – Wir sind jetzt alle so ungemein moralisch geworden, daß wir in allen Kleinigkeiten außer uns etwas Moralisches suchen; ja, wir gebärden uns ganz wunderbar, wenn man unsrer überfeinen Tugend einen so gewaltigen Streich spielt und ihr etwa einen Schwank oder eine lustige Posse erzählt, die aber keine *moralische Tendenz* hatte, denn das ist der Kunstausdruck dafür.

Diese moralische Tendenz, um es noch einmal zu nennen, kömmt mir vor wie der Salat, den man zu jedem poetischen Backwerke essen muß, um es schmackhaft zu finden.

Keiner wird hoffentlich den moralischen Endzweck meiner Erzählung verfehlen; es ist nämlich kein andrer, als daß sich ja niemand soll trauen lassen, ohne vorher den *Taufschein* seiner Frau zu sehn. – Denn wie viel Unglück hätte daraus entstehen können, wenn ich meine leibliche Schwester geheiratet hätte? – –

Zweiter Teil

Erstes Kapitel
Das versprochene Kapitel über die Kopfneigungen und Rückenbeugungen

Der Verfasser und der Leser stehn sich in diesem Kapitel wieder gegenüber, und begrüßen sich gegenseitig. Daß ich mit krummgebogenem Rücken als Portier vor dem Eingange dieses Teiles stehe, und daß mir die Leser bald mit vornehmen oder beschützenden, bald mit rezensierenden Mienen und Sonntagsgesichtern vorübergehen, versteht sich von selbst. Die Verfasser von Büchern müssen sogar so untertänig sein, daß sie die Vorübergehenden gar nicht einmal fragen dürfen, wie sie sich seit dem ersten Teile befunden, wie sie geschlafen haben.

Aber wenn ich auch der erste Autor sein sollte, so will ich dennoch gegen dieses alte Herkommen verstoßen. Ich will selbst unter die gebetene Gesellschaft treten, und mich nach dem hohen Wohlsein der allerseitigen Gäste erkundigen; denn ich sehe gar nicht ein, warum ein Verfasser, und arbeitete er auch nur in der Camera Obscura* , stets den untertänigen Bedienten oder Tafeldecker machen soll, der ehrerbietig und stumm hinter dem Stuhl stehenbleibt, wenn er die Speisen aufgetragen hat. Statt, daß man sich in Kritiken und Antikritiken herumzankt, sollte man lieber in den Büchern, die man schreibt (auf eignem Grund und Boden, wo man als Gutsbesitzer immer noch die meisten Rechte hat), sagen, was man auf dem Herzen hat.

* Ein damals in Berlin erschienenes, ganz schlechtes Wochenblatt; deren Herausgeber eine vornehme Miene annahmen, und nachher, durch andre mehr gefallende Produkte, sich einen Namen gemacht haben.

Ich, Peter Lebrecht, trete also hinter der Staffelei hervor (die, beiläufig gesagt, weiter nichts als ein kleines Fruchtstück zeigt) und mische mich keck unter die Zuschauer.

Viele von Ihnen, wertgeschätzte Anwesende, haben ohne Zweifel den ersten Teil schon rein vergessen, und das kann ich Ihnen vors erste gar nicht übelnehmen, zweitens hat es auch gar nicht viel zu sagen. Denn in unserm Zeitalter, das ganz ohne Zweifel den Namen des vielbelesenen verdient, werden die meisten Bücher schon für die meisten Leser so eingerichtet, daß sie anfangen und aufhören können, wo sie wollen, und ich hoffe, daß ich in dieser meiner Lebensbeschreibung auch hinlänglich dafür gesorgt habe. Wieviel Unglück würde auch daraus entstehn, wenn die Leser nicht das wieder vergessen sollten, was sie gelesen haben? Wenn sie nicht deswegen läsen, um zu vergessen? Wer möchte dann Schriftsteller sein? man würde dann gewiß mit einem verehrungswürdigen Publikum gar nicht auskommen können; es würde unsre neusten Bücherverfertiger unaufhörlich anklagen, daß sie alle die schönen Empfindungen schon hundert- und zweihundertmal gelesen hätten; es würde der Liebe, der Turniere und schrecklichen Hahnenkämpfe der Ritterwelt endlich überdrüssig sein, weil es immer dasselbe, und fast mit den nämlichen Worten wiedergesagt, ist; es würde unter der ungeheuren Menge von neuen Produkten doch auch nach etwas Neuem suchen, und sich dann gewaltig betrogen finden. Kurz, das liebe Publikum würde wahrhaftig, wenn es Gedächtnis hätte, am Ende darauf verfallen, die guten Bücher lieber mehrmals zu lesen, als die schlechten Wiederholungen schlechter Bücher.

Ich verspreche hier dem rüstigen Leser feierlich, daß dieser zweite Teil mit dem ersten meiner Lebensbeschreibung eben nicht weiter zusammenhängen soll, und daß er also mit vieler Erbauung fortfahren kann, wenn er auch alles, sogar bis auf den Namen, vom ersten Teile vergessen hat.

Es ist mir immer sonderbar vorgekommen, daß sich alle Autoren vor ihren Büchern an *den Leser* wenden, daß man in den Büchern selbst immer von einem *Leser* sprechen hört, der dies und jenes zu erfahren wünsche, der dem Schluß einer Geschichte entgegensehe, der dem Verfasser oft erlauben muß, bei zu rührenden Szenen die Feder aus der Hand zu legen; sogar die Druckfehler eines Buches zu korrigieren, muten die meisten Verfasser einem *geneigten Leser zu.*

Dieses unsichtbare und unbegreifliche Wesen wird auch selbst in Büchern angeredet, die niemand liest; man findet selbst auf Makulaturbogen Anrufungen an diese *unbekannte Gottheit,* deren Altar nirgends und allenthalben steht. Ich nannte den Leser eine Gottheit, nicht etwa bloß um dem meinigen etwas Schmeichelhaftes zu sagen, sondern weil ich überzeugt bin, nachdem ich eine Menge von Stellen aufgeschlagen habe, daß ihn sich die meisten Autoren unter diesem Bilde vorstellen. Sie denken ihn sich als einen ziemlich breitschultrigen Heros, der vieles dulden und ertragen kann, der es gleich einem Herkules wagt, das dickste Buch, selbst wenn es dialogiert ist, aufzuschlagen, es zu Ende zu lesen, und selbst nach dem zweiten und dritten Bande zu greifen. Dieser Leser ist zugleich so geformt, daß er mit allen Teilen aller Wissenschaften ziemlich vertraut ist, daß er sich für Vergangenheit und Zukunft interessiert, nur daß ihm in den meisten Fällen der gesunde Menschenverstand fehlt; er hat, trotz seiner robusten Konstitution, doch viele Schwächen, und das Unglück ist, daß Autoren und Buchhändler diese recht gut kennen; denn dieses seltsame Wesen läßt sich zum Beispiel durch ganz schlechte Kupferstiche und ganz abgeschmackte Büchertitel anlocken: statt einer Allwissenheit ist dieser Halbgott mit einer Allneugier begabt; das Vorzüglichste an ihm ist seine Güte, darum wird er auch der *Nachsichtige* genannt, bei welchem Namen er sich fast auch am liebsten rufen hört. Gewisse Wesen, die die Sterblichen Rezensenten nennen, machen ihm seit einiger Zeit dieser Nachsichtigkeit wegen Vorwürfe genug, aber er legt diese Tugend nicht ab, und ich und alle Autoren mit mir, bitten ihn inständigst, daß er es nie tun möge. Diese Rezensenten sind nichts anders als eine schädliche Oppositionspartei, die die einmal hergebrachte ordentliche Ordnung der Dinge umkehren wollen; sie werfen mit schädlichen und fast giftigen Reden um sich, und wollen den oftgenannten Leser gewissermaßen zwingen, *Geschmack* zu haben, als wenn dieses arme Wesen nicht schon von der Langeweile und von tausend Übeln, von denen sich ein vernünftiger Mensch kaum eine Vorstellung machen kann, gequält genug wäre, daß man ihm auch noch die Freude rauben will, die Cramerschen Romane gut zu finden.

Doch, ich vergesse ganz, wovon ich sprechen wollte. – Ich stehe hier am Eingange und mache meine demütige Verbeugung, und vergesse in der Zerstreuung, daß Leute um mich her stehen, die mich grüßen, die sich wundern, warum ich in dieser Rückensenkung so lange verharre.

Also, meine wertgeschätzten Herren und Damen – viele von Ihnen sind mit dem ersten Teile unzufrieden, und ich muß Ihnen leider gestehn, daß Ihnen dieser zweite noch weit weniger gefallen wird.

Oh, um des Himmels willen! lassen Sie mich von einem so kleinen, unbedeutenden und uninteressanten Buche nicht selbst so viel sprechen, oder ich werde so schwermütig, daß ich es gar nicht wage, Ihnen über die Komplimente meine Bemerkungen mitzuteilen. – Was sind diese kleinen Blätter im lauten, rauschenden Strome der Zeit? – Sie können nur dazu dienen, Ihre Aufmerksamkeit etwas von diesem fürchterlichen Geräusche abzulenken. Mancher Leser, der meine Lebensgeschichte in einer mäßigen, nachher ganz vergessenen Stunde durchblätterte, hat indes vielleicht einen großen Verlust erlitten, oder sich in seinem Innern auf eine gewaltsame Art verändert; er blättert nun vielleicht in diesem *zweiten Teile*, um nicht bei sich zu sein, um sich vor sich selber verleugnen zu lassen, und wie kann ich wissen, mit welchen umgewandelten Empfindungen er dann einst in starrer Hand das Zeitungsblatt hält, und er kaum noch darin bemerkt, daß der *dritte Teil* angekündigt wird.

Wenn ich zeichnen könnte, so würde ich hier das Buch sogleich mit vielen Figuren eröffnen, die mich und die verschiedenartigen Leser mit den Krümmungen ihrer Rücken, oder den Bewegungen ihrer Köpfe darstellen sollten.

Die Komplimente sind gewiß mehr als Lachen, Weinen und die Blattern, das, was den Menschen von den Tieren unterscheidet; denn ein Affe, der diese nicht einem wohlgezogenen Menschen nachmacht, wird von Natur gewiß nie auf diese Erfindung verfallen. Selbst der Verstand und der gen Himmel gerichtete Blick scheinen mir nicht so charakteristisch, denn der erste ist ziemlich unsichtbar, und das zweite Merkzeichen scheint immer seltener zu werden, und würde vielleicht ganz ausgehn, wenn ein starker Körperbau manche Menschen nicht zwänge, ihren Kopf gerade und aufrecht zu tragen. – Wenn ich in der Ferne zwei Wesen sehe, und weiß nicht, was ich aus ihnen machen soll, so schließe ich aus den gegenseitigem Verbeugungen, daß es Menschen sind.

Es hat mich oft in Erstaunen gesetzt, daß die Natur selbst durch die künstliche Einrichtung der Rückenwirbel dafür gesorgt hat, daß der Klient ohne große Unbequemlichkeit seinem Patrone den gehörigen Respekt bezeigen kann, und sehr angenehm ist es mir immer gewesen, daß ich aus den Arten, den Rücken zu krümmen, jedesmal mit ziemlicher Gewißheit schließen kann, in welchem Verhältnisse die sich bückenden Personen gegeneinander stehn. Stehn sie sich so gegenüber, daß sie ein vollkommenes Portal ausmachen, und daß einer genau auf den andern acht gibt, und sich gleich einen Zoll tiefer untertaucht, wenn jener sich um einen Zoll tiefer bückt, so sind es gewöhnlich zwei Edelleute, mittlern Alters, in Zivildiensten; sie bilden, wie gesagt, ein schönes verhältnismäßiges Portal; zwischen den beiden Frisuren fehlt nichts, als ein Schlußstein, und es ist ein schönes und kühnes Gewölbe. – Ist dieses Gewölbe um so viele Grade tiefer gedrückt, daß es ohngefähr einen Halbzirkel und kein Oval ausmacht, so, daß es wie der Eingang zu einem Begräbnisse aussieht, so will ich jedesmal darauf wetten, daß es zwei Gelehrte sind, die sich unter dieser Figur vorlügen, daß sie die größte Hochachtung voreinander haben.

Diese Verbeugungen gehören zu den gleichartigen. Wenn aber ein Adlicher mit einem Bürgerlichen sich begrüßt, so entsteht daraus eine andre Figur, die weit schwerer zu beschreiben ist. Der Bürgerliche wird plötzlich durch den Edelmann daran erinnert, daß er einen Rücken habe, und beugt diesen so künstlich, als es ihm nur immer möglich ist, bis auf den letzten Wirbel; der Edelmann im Gegenteil wird plötzlich durch den Bürgerlichen daran erinnert, daß er einen Kopf habe, und nickt mit diesem auf eine sehr angenehme Weise, ohne an den Rücken weiter zu denken, er spart diesen für die erste Zusammenkunft mit einem, der hochwohlgeboren ist. Sein Kopfnicken aber wird zuweilen durch ein gewisses Lächeln bedeutender gemacht, welches die Leute sehr gut ein *gnädiges* Lächeln nennen, oder er wendet wohl gar noch ein Stück der rechten oder linken Schulter daran, um das Wohlgefallen auf eine höfliche Art auszudrücken, daß man ihn gehörig gegrüßt habe.

Bürgerliche Anatomiker sagen uns, das Rückenmark sei eine Verlängerung des Gehirns; ich sehe aber gar nicht ein, warum es nicht ein Adlicher umkehren und sagen könnte: das Gehirn ist eine kugelförmige Verlängerung des Rückenmarks, eine abgerundete Zugabe, die nur dazu dient, um zu bezeichnen, daß der Körper fertig sei, und daß man nun nur noch einen großen Hut daraufsetzen dürfe, um einen ganz gemachten Mann vor sich zu sehn. Wenn dies seine Richtigkeit hätte, so wäre die Abteilung unter den Menschen ebenso notwendig als natürlich, und das Gleichheitssystem der Franzosen dürfte dadurch vielleicht den größten Stoß erhalten. Der Bürgerliche hätte dann ganz recht, wenn er seinen Kopf immer als eine schwere übergebogene Blume vorwärts trüge, und der Adliche könnte dann ganz füglich seine Rückenbeugungen ebenfalls für Kopfarbeit ausgeben.

Alle Völker scheinen die Empfindung zu haben, daß im Kopfe irgend etwas Anstößiges liege: man schämt sich beim Grüßen, daß dieser kleine, unwürdige Teil einen Tressenhut trägt, und nimmt diesen sehr tief herunter; man biegt den Kopf selbst so tief, als er nur immer sinken kann; man gibt den ganzen Rücken preis, um nur den Kopf zu verbergen; die Asiaten werfen sich auf das Gesicht nieder, und es ist ein Zeichen großer Ungnade dort, wenn der Sultan von irgend jemand den Kopf fodert. »Er hat Kopf!« ist in vielen Gegenden das Schlechteste, was man von einem Menschen sagen kann; kein Mensch macht jetzt mehr Prätension darauf, alle Schriftsteller beeifern sich um die Wette, nicht mit dem Ausdrucke beschimpft zu werden; man hört auch von keinem Buche sagen: der Verfasser verrät Kopf; sondern immer nur: es sind viel Geister und Mordtaten darin; man weiß gar nicht, wie die wunderbare Geschichte zu Ende gehn wird; so daß ich nach allem diesen auf die Idee gekommen bin, daß man den Kopf vielleicht zu den *Pudendis* rechne, daß man ihn für eine Satire der Natur auf den Menschen halte; daß man ihn vielleicht ganz bedeckt tragen würde, wenn es die daran angebrachten Sinne erlaubten.

Der Leser wird von mir nicht verlangen, daß ich ihm alle mögliche Ab- und Spielarten der Komplimente und Verbeugungen schildern soll, als da sind: Leute, die vor übergroßer Freundlichkeit mit den Zähnen grüßen; andere, die statt vornüber zu sinken, nach der einen Seite fallen; von Leuten, die von vielen Höflichkeitsbezeugungen schief und beinahe bucklicht geworden sind, und von andern dergleichen seltsamen Ausnahmen.

Nur den so sehr gewöhnlichen Gruß kann ich nicht unerwähnt lassen, daß man oft sieht, wie Leute sich mit den Augen ganz nahe kommen, sich erst die eine Hälfte des Gesichts, und dann ebenso die andre genau betrachten.

Es ist z. B. Gesellschaft, in der sich der Doktor X.. befindet; man erwartet den Doktor Y...,
der sich auch in dieser Stadt niederlassen will; Y... tritt ein; er wird dem X.. vorgestellt; ein
Kompliment wird erfolgen; sie werden sich auf jeder Seite des Mundes küssen, und um nähere
Bekanntschaft und Freundschaft ersuchen. – Sie haben sich genau betrachtet, um sich voreinander zu hüten. – Geistliche schütteln sich dabei gewöhnlich noch die Hände.

Wenn sich Frauenzimmer küssen, so beobachten sie bloß, wie fein der Mousseline um den
Busen der geliebten Freundin ist, um ihn mit dem ihrigen zu vergleichen, oder ihn gegen andre
Freundinnen lächerlich zu machen: ohngefähr sechs Minuten nachher erfolgt dann die Frage:
»Ei, wo haben Sie den schönen Zeug her? wieviel kostet Ihnen die Elle?« – Diese Frage ist nichts,
als eine Fortsetzung des Kusses.

Hat irgendeiner meiner Leser mit einem andern Leser auf einem Kaffeehause achtmal Bil-
lard gespielt, so darf er diesem kühn die Hand geben, und selbst den Handschuh drauf behalten.
Man klemmt sich gegenseitig die Finger ein wenig, und so äußert sich die vertraute Freundschaft; andre Leute sagen dann: »Der ist mit dem und dem *intim liiert*.« –

Der Druck der Hand ist ein Gruß, den nur wenige verstehn, er ist die heimliche Chiffer einer
geheimen Gesellschaft, man schreibt sie Tausenden in die Hand, und keiner erwidert sie; der
es tut, ist ein *Freund*, er komme auch aus der entferntesten Gegend. Verlassen stehn manche
Menschen ihre Lebenszeit hindurch, und die Hand zittert nach diesem Drucke; kein Wanderer
kommt und bringt ihnen diesen Handwerksgruß.

Alle übrigen Komplimente lassen sich leicht entbehren, dieses nur schwer.

Ich muß hier das Kapitel schließen. –

Zweites Kapitel
Meine Lebensweise

Ich wurde gestört, und fast zu ernsthaft, um weiterzuschreiben. – Ein armer Bauer im Dorfe war gestorben, und die Glocke rief mich zum Leichenbegängnis ab.

Ich ging unter dem schwarzen Zuge ehrbar einher, denn ich hatte den Mann ebenso genau gekannt, wie ich noch die übrigen Leute hier im Dorfe kenne, und mich für das Schicksal eines jeden interessiere. Das Grab auf dem Kirchhofe war fertig, der Totengräber stand mit dem Ansehn eines Künstlers darneben; sechs Spaten steckten rundherum in der lockern Erde.

Die Frau näherte sich mit ihrer Schwester langsam, und sah fast ganz gefaßt in das geräumige Grab hinab: »Das Grab ist gut!« sagte sie seufzend, denn der Boden und die Wände waren wirklich fest geebnet; sie hatte nun das letzte Wohnhaus ihres Gatten betrachtet, dessen glatte Wände sogleich durch die herabgeworfene Erde wieder uneben sollten gemacht werden. – Die Seile wurden übergelegt, und der Sarg daraufgestellt. Itzt fing die Frau an zu weinen, die Schwester blieb noch ruhig. – Man ließ den Sarg hinunter, und nahm die Stangen weg. – Jeder von den Anverwandten ergriff einen Spaten; der Totengräber nahm ruhig den Hut ab, und betete ein Vaterunser. Alles wurde erweicht, als die Erde dumpf auf den Sarg scholl; die Frau schluchzte laut, und beugte sich hinüber, um noch die letzte schwarze Spitze des Sarges zu sehn: alles übrige war schon verschlungen. Ein zwölfjähriger Sohn spielte heimlich mit einer Blume, und schämte sich innerlich, daß er jetzt noch nicht weinen konnte. Ich weinte in seinem Namen. –

In so vielen Büchern findet man Begräbnisse beschrieben, und bei einer Leiche wünscht man immer, sich recht ernsthaft machen zu können. Es fällt uns dunkel dabei ein, daß wir, ohne uns zu kennen, durch Dunst und über Wasser getrieben werden, die wir das Leben nennen, wir bekommen dann vor dem Gewöhnlichen eine Furcht, und das Furchtbare rückt dann gleichsam zu einer vertrautern Bekanntschaft näher. Das Leben verliert in diesen Augenblicken seinen Sonnenschein, der wie über ferne Berge wegzieht, und den Wünschen winkt, die sich nach Frühling sehnen. –

Der Lebende aber kann nur die Freuden dieses Lebens verstehn, und ich komme daher, auch nach den schwermütigsten Streifereien, bald zur Zufriedenheit mit mir und der Welt zurück. – Für die Leser, die sich für so etwas interessieren, will ich hier ganz kurz die Art meines Lebens beschreiben.

Ich habe von je die großen Städte gehaßt, in denen die fortgesetzten, hohen Häuser, die geraden Straßen, das Getümmel, unsern Sinn und unser Gemüt gleichsam gefangennehmen; wie in niedrigen Kerkern, wachsen alle unsre Ideen klein und bleiben zwergartig. – Die freie Natur, der weite Himmel, Berge und Wälder, reden uns mit gewaltigen herzerschütternden Tönen an, und sprechen uns Mut ein. Hier wird der Mensch, was er als Mensch werden kann; er kleidet sich in keinen geborgten Schmuck; er äfft nicht Torheit oder Weisheit anderer nach, je nachdem es ihm in die Hände fällt.

Ich arbeite täglich im Felde oder im Garten, weil Körper und Seele sonst in eine gewisse Kränklichkeit geraten. – Die Ruhe, der Umgang und die Lektüre sind mir dann um so erwünschter. – Ich studiere oft in den Blumen und Bäumen, und lerne aus ihnen und von den simpeln Menschen umher eine ganz eigene Philosophie.

Wenn ich nicht beschäftigt bin, und gerade viel Bedürfnis dazu empfinde, schreibe ich Kleinigkeiten nieder.

Wenn es der Leser erlaubt, will ich ihn jetzt mit einigen Personen bekannter machen, die mich näher umgeben.

Drittes Kapitel
Schilderung einiger Menschen

Mich selbst mag ich nicht zu beschreiben wagen, denn unter allen Schilderungen sind die Selbstschilderungen die schwierigsten. Vielleicht hat der Leser schon aus dem ersten Teile einige meiner ehemaligen Schwächen und Torheiten kennen lernen, und ich gebe vielleicht in diesem Teile wider meinen Willen neue preis, von denen ich selbst nichts weiß. Wenn der Leser klüger ist als ich, so wird er mich in diesem Falle gleich mit dem ersten Blicke durchschauen; er wird allerhand Schwächen entdecken, die er entweder an andern bemerkt, oder selbst schon überstanden hat. Ein Schriftsteller schildert sich selbst immer am besten dadurch, wie er andre zu schildern sucht.

Von Hannchen, meiner Frau, ist wenig zu sagen. Es ist mir bei ihrem Anblick noch nie etwas anders eingefallen, als daß ich ihr gut bin. Sie ist still und bescheiden, und ruhig in sich selbst gekehrt.

Ich sollte es, wie einige dramatische Schriftsteller, machen, und auch die Kleidung meiner Personen beschreiben, aber ich muß gestehn, daß sie sich oft umziehn, und so würde der Leser doch keine deutliche Vorstellung von ihnen bekommen.

Mein Schwiegervater Martin ist ein einfältiger guter Mann, und ich möchte fast sagen, der beste Mann von der Welt, außer daß er es sehr gern sieht, wenn man ihn mit etwas gekrümmtem Rücken grüßt, er selbst dankt nur, indem er mit dem Kopfe nickt. Auf mich hält er sehr viel, und er ist in der ganzen Gegend meine Chronik, weil ich, wie er glaubt, seinem Hause so großen Glanz erteilt habe. – Er ist am Tage sehr fleißig, und besucht mich dann am Abend; zuweilen gehn wir miteinander auch wohl auf dem Felde spazieren; er hält mich im ganzen für einen guten Kopf, nur kann er es an mir nicht leiden, daß ich schreibe; manchmal bin ich ihm auch ein wenig zu freigeisterisch. – Es ist mir noch nicht vorgekommen, daß ich mich jemals zu seinem Verstande hätte *herablassen* dürfen; ein Vorurteil, das man nur gar zu leicht von den gemeinem Leuten hat. – Ich weiß nicht, was er dazu sagen wird, wenn er durch einen Zufall dies Buch in die Hände bekommt, und sich selbst darin beschrieben findet. Seiner Eitelkeit würde es lieb sein, daß man in gedruckten Büchern von ihm spräche, und doch würde er es nicht gut finden, daß ich ihn nicht in allen Stücken gelobt habe.

Die Aufwärter und meinen Bedienten werde ich vielleicht einmal bei einer andern Gelegenheit beschreiben. Ich eile jetzt zu einem andern mir interessantern Gegenstande.

Ein Amtmann wohnt auf dem benachbarten Dorfe, der schon ehedem auf der Schule mein vertrauter Freund geworden ist. Ich will ihn hier genau beschreiben, damit ihn jedermann, der ihn sieht, erkennt und ebenfalls liebgewinnt. Sein Name ist Sintmal. Er ist schon dreißig Jahr alt, aber er gehört doch noch zu jenen unschuldigen Menschen, die sich selbst nicht kennen. Er verwaltet seine Geschäfte mit der pünktlichsten Ordnung, und in der übrigen Zeit lebt er sich selbst und seinen Launen. – Sein Äußeres fällt auf eine sonderbare Art in die Augen, denn sein Gang und seine Gebärden sind ziemlich linkisch; sein Gesicht gleicht den Abbildungen, die wir vom Sokrates haben, außerordentlich; sein Haar ist schwarz, und gibt ihm in der Ferne ein wildes und zurückschreckendes Ansehn; kömmt man ihm aber näher, so entdeckt man in seinen kleinen blauen Augen so viele Gutmütigkeit und Menschenliebe, daß man ihm gleich gewogen wird, daß man sich zu ihm hingezogen fühlt, man weiß selbst nicht, wie. Es ist schwer, mit ihm vertraut zu werden, und man hält ihn bei den ersten Unterredungen leicht für einfältig, denn er ist nicht einer von den leuchtenden Köpfen, die uns bei der ersten Zusammenkunft am meisten interessieren, und nachher gleichgültig werden. Man muß ihn erst näher kennen, um ihn recht zu verstehn; er sagt immer das, was er für klug hält, mit einer Art von Scham; mit der gutmütigsten Weitschweifigkeit von der Welt erzählt er im Gegenteil gern Anekdoten und Familiengeschichten, die niemand hören mag. Er ist ein Freund der schönen Künste, vorzüglich der Poesie; aber auch hier ist er mit seinen Genüssen haushälterisch; er liebt sehr das Nicht-zu-viel und Nicht-zu-wenig. Wir streiten oft miteinander, weil seine Gegenwart mich leicht zu Behauptungen verführt, die ich selbst nicht glaube; seine zu ängstliche Gewissenhaftigkeit, alle Sätze gehörig abzuwiegen, verleitet mich dann, mit meinen Gedanken etwas zu frei und willkürlich zu schalten. – Ich mag hier nicht weitläuftiger von ihm sprechen, weil ich ihn nachher selber redend einführen will.

Es ist im Grunde eine betrübte Sache um die Schilderung der Menschen. Jeder hält sich für den klügsten, und für berufen, über die andern zu sprechen; jeder vergleicht sich im stillen mit dem andern, um mit sich selbst zufrieden zu sein, und das Resultat dieser untersuchenden, kleingeisterischen Träumereien ist immer das, was sich aber keiner deutlich gesteht: daß jeder einzelne unter den übrigen Menschen, denen man alles Recht wolle widerfahren lassen, der vorzüglichste sei. Aus eben diesem Kitzel wollte ich erst die Schilderung meines Freundes weit witziger einrichten: ich wollte alle seine Qualitäten viel genauer beschreiben und schärfer abschneiden; aber so manches Wahre ich auch darunter hätte sagen können, so hätte ich mich dadurch offenbar mehr, als ihn geschildert, und sein freundliches, gutmütiges Gesicht hätte mich heut abend noch beschämt, denn es ist kein Zweifel, daß er in tausend Sachen verständiger ist als ich, und doch hat er den frommen Aberglauben, ich sei im ganzen gescheiter als er.

Man sollte Vergleichungen mit sich und andern Menschen nur selten anstellen, und die recht unschuldige Seele wird auch nie darauf verfallen. Diese Parallelen sind nur gar zu leicht ein Mittel, uns zu verhärten und eigenliebig zu machen. Oh, menschenfreundlicher Sterne! wie lieb bist du mir vor allen Schriftstellern immer dadurch geworden, daß du uns nicht gegen Schwächen und Torheiten zu empören suchst, daß du nicht die Geißel der Satire schwingst, sondern dich und die übrigen Menschen auf eine gleiche Art belächelst und bemitleidest.

Viertes Kapitel
Eine Unterredung mit meinem Schwiegervater

Ich wünschte nicht, daß der Leser sich viele Vorfälle und Begebenheiten in dieser kleinen Erzählung verspräche, denn wenigstens bis jetzt ist mir noch nichts Außerordentliches aufgestoßen; ja selbst der erste Teil wird gegen diesen zweiten und dritten eine wahre Weltgeschichte sein, reich an Abenteuern und Entwickelungen. Ich wünschte, daß die Leser einen gewissen Sinn für Kleinigkeiten mitbrächten, aber ich fürchte, daß es nicht geschieht, denn dieses Talent scheint gänzlich bei ihnen verloren.

Diesen Sinn für Kleinigkeiten nenne ich ein Talent, und wie ich glaube, mit Recht. Es gibt eine Fähigkeit in der Seele, sich für geringscheinende Gegenstände zu interessieren, und eine Art von Freundschaft für sie zu gewinnen. Bei Menschen, die in einer stillen Eingezogenheit, in einem kleinen Kreise, von der größern Welt entfernt, sich und ihren Angehörigen leben, bemerken wir diese Fähigkeit vorzüglich, und oft in einem so hohen Grade, daß sie wieder zum unerträglichen Fehler wird. Mit einer hohen Eigenliebe verbunden, entsteht daraus der Geist der Kleinlichkeit, der auf jede Sache einen zu hohen Wert legt, und bloß aus der Ursach, weil sie mir zugehört; man verachtet alles Fremde, und bloß deswegen, weil es mir *nicht* gehört; man kann andre durch stundenlanges Geschwätz über Nichtswürdigkeiten ermüden, und es übel empfinden, wenn jene keinen hohen Anteil daran nehmen wollen. – Doch diese Schwachheit mein ich nicht, und hatte nicht im Sinne, sie ein Talent zu nennen, das einer Ausbildung fähig wäre.

Sondern ich meine jenen liebenswürdigen poetischen Sinn, der in den bekannten Gegenständen stets etwas Neues und Anziehendes entdeckt, der sich von allem Fremden mit einer Art von Widerwillen zurückzieht, und erst darauf wartet, daß es ihm auch befreundet werden soll. Mit Innigkeit hängen diese Menschen so gebildet an allen Gegenständen, die sie umgeben, oder die sie in Dichtern beschrieben finden; sie lieben jeden Baum und jedes Gebüsch, jeden dargestellten Charakter, sobald er aus der Natur genommen ist, mit der sie vertraut sind.

Die meisten Leser aber haben einen Widerwillen gegen die Welt, die sie umgibt; sie haben kein poetisches Auge, und ihre innerliche Langeweile spiegelt sich daher in allen Gegenständen; sie suchen in der Weite ein fernliegendes Interesse, und die meisten neuern Schriftsteller bestreben sich um die Wette, diesen dunkeln unverständlichen Trieb zu befriedigen. Sie überhäufen die überspannte und eben darum erschlaffende Phantasie mit schlecht zusammenhängenden Abenteuerlichkeiten, mit einem ganzen Heere von wunderbaren Geschöpfen, die aber, trotz ihrer seltsamen Karikatur, keine Originalität und keine überzeugende Natur haben.

Wird sich denn die Lesewelt aber immer nur an Schlachten und fürchterlichen Mordgeschichten laben? Müssen in jedem Ritterromane die Tugendhaften und Bösewichter zu Scharen fallen, damit der hartherzige Leser nur gerührt werde? Muß die Szene immer in fernen Ländern oder in einer wunderbaren Vorzeit liegen, um Teilnahme zu erwecken? – Bei dieser Lektüre muß die Erschlaffung immer zunehmen, und die Spannung des Schriftstellers muß immer erzwungener werden; die größten Wunder werden am Ende gewöhnlich, die ungeheuersten Charaktere alltäglich, es müssen daher neue, noch unsinnigere erfunden werden. Wir spotten über Lohenstein, über viele der altdeutschen Romane; wir lachen mit Cervantes über den Unsinn der Ritterbücher, und doch liest ein großer Teil von eben diesen Menschen das *Turnier zu Nordhausen*, den *klugen Alten*, den *braunen Robert*. Ich habe nur einige Blicke in diese Bücher geworfen, und bin darüber erstaunt, nicht gerade, daß sie so geschrieben sind, sondern, daß solcher Unsinn schwarz auf weiß existiert; nur noch vor zehn Jahren würde man diese Mißgeburten einer leeren Phantasie für offenbaren Wahnwitz erklärt, und niemand es eines Blicks gewürdigt haben. Die gewöhnlichen Leser sollten ja nicht über jene Volksromane spotten, die von alten Weibern auf der Straße für einen und zwei Groschen verkauft werden, denn der *gehörnte Siegfried*, die *Haimonskinder*, *Herzog Ernst* und die *Genoveva* haben mehr wahre Erfindung, und sind ungleich reiner und besser geschrieben, als jene beliebten Modebücher. – Will der Leser mir nicht auf mein Wort glauben, so mag er jene schlecht gedruckten und verachteten Geschichten selber nachlesen, und wenn sein Geschmack noch nicht ganz und gar zugrunde gegangen ist, so wird er diesen vor jenen den Vorzug geben.

Ich kann mir aber vorstellen, wie erbittert alles auf mich ist, was mich liest; ich muß daher nur auf irgendeine Art den Leser wieder freundlich zu machen suchen, ich muß mich nur seinem Spott und seiner Satire preisgeben. Ich habe schon lange eine Gelegenheit gesucht, ein Geständnis abzulegen, und hier ist, dünkt mich, die schicklichste. Ich habe nämlich ein Manuskript liegen, welches nächstens im Druck unter dem Titel: *Volksmärchen*, erscheinen wird, und welches nichts als wunderbare und abenteuerliche Geschichten enthält. Der Leser muß dies für keinen Scherz aufnehmen, sondern es ist mein vollkommener Ernst, und das Buch wird selbst nächstens bei dem Verleger dieser Erzählung herauskommen. Ich hoffe, ich habe durch diese Ankündigung so viele Blößen gegeben, daß der Leser sich unmittelbar mit mir aussöhnen wird; denn wie habe ich nun noch recht, die gangbaren Produkte zu verspotten, da ich selber Beiträge zu ihrer Vermehrung liefere? – Wem daher dieses Buch nicht gefällt, der mag mit jenem zukünftigen den Versuch machen, denn es ist bei mir selbst der Zweifel aufgestiegen, ob ich auch wohl die Kunst verstünde, jene Kleinigkeiten, von denen ich vorher sprach, interessant zu machen. – Mein Schwiegervater ist mit allem, was ich ihm zuweilen von meinen Manuskripten vorlese, unzufrieden, aber ich will wünschen und hoffen, daß keiner von meinen Lesern ein so scharfer Kritiker sei, als er, denn er geht wirklich mit meinen Produkten ganz unbarmherzig um. Das schlimmste ist, daß er gar keinen Geschmack hat, und keine einzige von den gewöhnlichen Regeln und Formeln auswendig weiß, die unsre Halbkenner immer gleich zum besten geben, denn sonst würde er gewiß manches vortrefflich finden, was ihm eigentlich Langeweile machte; der gewöhnliche Geschmack dient nicht dazu, daß wir an den Werken der Kunst Geschmack finden, sondern er bringt nur die nötige Scham hervor, so, daß wir es uns und andern nicht zu gestehn wagen, wie kalt sie uns lassen. – Ich weiß daher manchmal gar nicht, was ich mit meinem Schwiegervater anfangen soll, weil er gar nicht durch Widerlegung zum Stillschweigen zu bringen ist. Wenn man ihm etwas vorliest, so setzt er sich und hält beide Ohren aufmerksam hin; wird er gerührt und hingerissen, so ist es gut; wo nicht, so gefällt ihm das Buch nicht. – Ich habe ihm schon manche Regeln beibringen wollen, aber es verfängt bei ihm nichts, es ist und bleibt ein wahrer Dilettant.

Um dem Leser zu zeigen, wie unrecht mir oft Vater Martin tut, will ich nur eine Unterredung hieher setzen.

Es war ein schöner Sommertag und ich ging im Walde umher, und dachte eben auf eine neue Erzählung zu den Volksmärchen. Die Wipfel der Bäume rauschten ehrwürdig, und das Gebrause kam aus der Ferne, ging über mir hinweg, und verlor sich an der Grenze des Forstes; wie ein Chorgesang der Natur schallte es durch alle Bäume, und seltsam funkelte auf dem Boden das zerstreute Sonnenlicht durch die dichtverflochtnen Zweige. – Meine Phantasie war bald von jenen abenteuerlichen Gegenständen zurückgezogen, und ich betrachtete mit stiller Aufmerksamkeit die Natur, die mich umgab. Ich fühlte mich, wie von einem Tempel Gottes eingeschlossen, wo alle säuselnden Gebüsche, alle Zweige mir ihn und die Menschenliebe nannten. Eine seltsame Wehmut ergriff mich, als ich an die Torheiten und mannigfaltigen, unzähligen Leiden des Menschengeschlechtes dachte, wie sie sich alle selbst mit einem ewigen Kriege verfolgen, wie ein unzähliges Heer von Krankheiten und Schmerzen an der Grenze des engen Lebens lauern, und in jedem Augenblicke einzubrechen drohen, wie der Mensch, wie ein geängstigtes Wild, sich durch die Gebüsche windet, und immer hinter sich sieht, und plötzlich doch der Tod ihm entgegentritt, und schadenfroh in die kalten Arme auffängt. Ich bemitleidete und liebte alle Menschen; ich vergab allen, die mich je gekränkt hatten; ich beschloß in diesen Stunden allen ihren Torheiten nachzusehen, jede Eitelkeit zu dulden, weil sie doch am Ende nur ein bunter Putz ihrer kläglichen Existenz ist; wenn er ihnen nun gefällt, was kann es mich weiter kümmern? –

Mein Herz dehnte sich in mir so aus, daß ich unsichtbare Tränen weinte. Diese Stunden der reinen Wehmut sind die hohen Festtage der menschlichen Seele, in der sie einen heiligen, dunkeln Tempel besucht, und sich von allem Irdischen reinigt. –

Als ich in der Begeisterung meine trunkenen Augen wieder aufschlug, sah ich ein Geschöpf, das sich in den rasselnden verdorrten Gesträuchen bewegte. Es war eine arme Frau, achtzig Jahr alt, die hier mühsam dürre Reiser sammelte, um sich in ihrer Hütte ein kleines Feuer zu bereiten. »Ach! die Unglückselige!« sagte ich zu mir selber. »Ihre Seele darf sich jetzt nicht in diesen hohen Empfindungen sonnen, denn ihr Körper seufzt unter der Knechtschaft der Armut; sie bettelt als ein Sklave ein Almosen von der Natur, statt sie als Freund zu besuchen.« – Ich fühlte meine Bequemlichkeit und mein Glück, ich näherte mich der Alten, und gab ihr, was ich bei mir hatte.

Ich fühlte plötzlich den Wert des Lebens und seiner Freuden. Zitternd und kummervoll stand sie an der Grenze, und hatte vielleicht nur wenig genossen; sie war vielleicht durch eine harte Schule gegangen, um die Resignation zu lernen, auf keine Freude zu hoffen, und Glück für etwas anzusehen, das sich mit ihrem Dasein gar nicht vertrüge. – Wie kümmerlich hatte sie dann ihre Existenz bis zu diesem Augenblicke geschleppt; wie waren alle Träume und bunten Bilder des Lebens, die Jugend, die Gesundheit, Kraft und Munterkeit nach und nach von ihr abgefallen, wie einsam stand sie nun an der letzten Stelle. –

Ich ging weiter nach einer alten, großen Linde, meinem Lieblingsplatze im Walde. – Hier setzte ich mich nieder, und lehnte mich an den Stamm des Baumes. – Der Wind hatte Nacht- schmetterlinge aus den Zweigen geschüttelt, und sie lagen betäubt und schlafend am Boden, und zuckten nur zuweilen mit den Füßen. – »Sie krümmen sich nun«, so sagte ich zu mir selbst, »und wälzen sich in dumpfer Betäubung, bis die Sonne untergeht, und der Mond herauftritt; sie schlafen nicht und wachen nicht. Ist dies nicht vielleicht ein Bild unsers rätselhaften Lebens? Liegen wir nicht ebenso am Boden gefesselt, und kämpfen und ringen mit uns selbst? Der Tod ist vielleicht der Untergang der Sonne, und wir erwachen wieder, und bewegen uns froh und frei.«

Wie merkwürdig kann uns zuweilen ein Platz von einem Quadratschuhe werden! Wenn wir unser Auge einmal auf diesen kleinen Raum beschränken, so entdecken wir auch hier wun- derbare Begebenheiten und merkwürdige Revolutionen. Schwarzes Gewürm zieht emsig und eilfertig wie Pilgrime seiner entfernten Heimat zu; sie arbeiten sich auch vielleicht durch die Grashalme, ohne zu wissen, wohin sie wollen, so wie der Mensch; Ameisen wühlen sich in den Boden, und schleppen sich in lächerlicher Tätigkeit mit Sandkörnern und kleinen Steinen; sie weichen sorgfältig andern, mächtigern Insekten aus, die sie in der Ferne wittern. Wunderbare Gräser stehn umher, und bilden für diese Erdbewohner, die noch dichter als wir, am Boden liegen, große Wälder. – Hier lagen Johanniswürmchen auf ihren roten Flügeldecken, und konn- ten sich bei allem Bestreben nicht wieder umkehren: ich konnt es nicht unterlassen, sie wieder aufzurichten; knisternd schlugen sie ihre Flügel auseinander und flogen fröhlich davon, um vielleicht von einem kleinen Windstoß angewehet, drei Schritte von mir von neuem auf den Rücken zu fallen, um sich von neuem zu quälen.

Zu meinen Füßen war eine kleine Sandstrecke, die sich einige Fuß lang zwischen dem grü- nen Grase hinzog. Ein kleines Gewürm arbeitete sich mit vergeblicher Anstrengung durch diese Arabische Wüste; der Sand gab immer wieder unter seinen gekrümmten Füßen nach, und es gleitete immer wieder von jedem kleinen Hügel herunter. In der Mitte lag ein verdorrtes, ge- bogenes Lindenblatt; diese Insel erreichte es endlich. Emsig kroch es bis an die Spitze, und streckte dann seine Fühlhörner schnell und ängstlich in die weite, dicke Luft, als wenn es nach dem Baume fühlte, zu welchem dieses Blatt gehörte. Das Insekt ging zurück und traf unten den Sand wieder an, und nahm von neuem zum Blatte seine Zuflucht, und suchte ängstlicher wie vorher mit seinen Fühlhörnern einen Ankergrund. – In diesem Augenblicke ward mir dieser Wurm so teuer und befreundet; sein Schicksal ging mir so nahe; ich machte den Versuch, mein Auge abzuwenden, aber es kam unwillkürlich zurück; der gewöhnliche Stolz der Menschen flü- sterte mir zu: ich solle mich schämen, und *kein Kind sein*; – aber alles hatte mich wehmütig gestimmt; das Gewürm krümmte sich noch immer auf dem verdorrten Blatte; ich hob es mit diesem auf und setzte es wieder auf seinen einheimischen Baum.

Jeder Leser, der in der Stadt wohnt, wird über mich lachen. – Freilich können wir Menschen leichter bemitleiden, weil wir in uns selbst ihr Unglück empfinden, mit einem ebenso geformten Herzen, mit dem sie ihre Leiden fühlen: aber in einer feinern Stimmung mag der Mensch auch einmal so schwach sein, und ein anderer ihm diese Schwäche verzeihen, daß er sich mit seinem Mitgefühl zu den verlassenen und einsam wandelnden Tieren hinabtaucht, es wird wenigstens sein Herz für die Leiden seiner Brüder um so empfänglicher machen. Ich mag mich wohl neben Lämmern niedersetzen und ihnen Gras zum Futter abreißen.

Ich setzte mich nachher an einer andern Stelle nieder, und schrieb folgendes in meine Schreibtafel:

»Große und heilige Natur! in deinen Hallen wandelt der Mensch, und lernt von Stauden und Bäumen; sein Auge ruht wie ein Fühlhorn am blauen Himmel, und sucht nach dem, nach welchem sich sein Herz in der Brust ausstreckt. Dann wird er selbst zum Priester dieses Tempels eingeweiht; mit Tränen endigt er die Feierlichkeit. Durch Menschenliebe predigt er zu andern Menschen, durch Trost, durch Mitleid und Hülfe. – Wer kann die unendliche Liebe nicht fühlen, die über uns ausgespannt ist, und uns auf dieser Welt mit Zärtlichkeit gefangenhält? Wer kann sein Herz so sehr versteinern, daß es nicht einen kleinen Teil dieser allgemeinen Liebe in sich aufnehme?« –

Am Abend endete sich mein Gespräch mit meinem Schwiegervater durch einen Zufall so, daß ich das Blatt nahm, und diese Worte meiner Frau und ihm vorlas; meine Stimmung aber war jetzt fort, und ich schämte mich nun wirklich zu erzählen, wodurch ich bewogen worden, diesen Gedanken niederzuschreiben. Das Zarteste verfliegt schnell wieder, und ist nur die Blüte eines Augenblicks, und nachher kömmt es uns seltsam vor, daß eben das Wesen, welches ißt und trinkt, etwas so Feines habe fühlen, in einer so erhöhten Stimmung habe sein können und wollen; wir zweifeln darin selbst an der Wahrheit, und schämen uns davon zu reden, weil dieses Gefühl schon in Worte gebracht, mit dem übrigen menschlichen Leben in einem fast lächerlichen Verhältnis steht.

Hannchen weinte, als ich geendigt hatte, ich weiß nicht, durch welche Kombination der Ideen; aber mein Schwiegervater schüttelte stillschweigend mit dem Kopfe.

Ich: Dieser Gedanke scheint ihnen nicht zu gefallen.

Martin: O ja, es ist ganz gut; – aber es fehlt noch so was darinnen – was ich aber nicht sagen kann.

Ich: Es sollte vielleicht in Versen sein?

Martin: Ach, warum nicht gar! – Dann würde es mir noch weit weniger gefallen. – Es ist 'ne Leere darin, es fehlt hinten und vorne. – Wenn man so was hört und liest, so ist das ganz gut und löblich; aber solche Sachen sind wie in der Betrunkenheit geschrieben, und der Nüchterne fühlt wohl, was es sein soll, aber er kann nicht nach.

Ich: Sie halten es also für übertrieben?

Martin: Nein doch; aber ich versteh mich nur nicht auszudrücken. – Es ist wahr und gut, aber es müßte auch die andere Seite mit darin sein; das Ordinäre, wie einem gewöhnlich zumute ist, und das Gewöhnliche muß dann das Ungewöhnliche mit hinunterbringen helfen. – Wenn man so manche Bücher und manche Beschreibungen von der Natur liest, so sollte man meinen, wenn man nun aufs Land käme, so hätte man da das klare Himmelreich, man brauchte nur den Kopf in die Natur hineinzuhalten, so wäre man schon der edelste und beste Mensch. – Wenn man nun selbst in diesem sogenannten Zustande der Natur lebt, wenn man in allem so recht zu Hause ist, so kommen einem alle diese Beschreibungen so kurios vor, daß man sich und die Natur gar nicht darin wiedererkennt. Bei einem einzigen Abendbrote unter den Knechten würde allen diesen Herren die Begeisterung verrauchen. – Das ist mehr Kunst, alles Natürliche so recht nach der Natur zu schildern, und einem denn doch, wie mit Sonnenschein einzuwickeln, daß man nur das sieht, was man sehen soll, und jeder Baum wie mit einem neuen Grün gefärbt ist. Das ist aber nur wenigen gelungen. –

Ich merkte jetzt, daß mein Schwiegervater eben das meine, was ich beim Anfange dieses Kapitels gesagt habe, daß man nicht suchen müsse, sich vom Gewöhnlichen zu entfernen. Ich sah ein, daß meine Stimmung doch etwas zu zart ausgesponnen war, und daß es ein feinerer und höherer Genuß sei, die gewöhnlichen Empfindungen zu veredeln und in der trockensten Prosa des Lebens die reinste und schönste Poesie zu finden. – Unsere Schriftsteller suchen immer das sogenannte Poetische abzusondern, und zu einem für sich bestehenden Stoff zu machen; sie trennen dadurch die Einheit, und können uns nur einen einseitigen Genuß verschaffen; denn wem ist es unter den Deutschen gegeben, so wie Goethe zu schreiben?

Fünftes Kapitel
Ein Beitrag zu den Kalenderprophezeiungen

Ich war auf einige Tage nach der nächsten Stadt geritten, teils um Geschäfte zu besorgen, teils um einige Bekannten und Freunde zu besuchen.

Als ich noch einmal durch die Stadt spazieren ging, bemerkte ich einige seltsame Veränderungen, die mir schon so oft aufgestoßen sind, daß ich es nicht unterlassen kann, hier meine Bemerkungen darüber mitzuteilen.

Es gibt wunderbare Tage im Jahre, Tage, die so seltsam sind, daß sie gewiß schon vielen meinen Lesern aufgefallen sind, wenn sie gleich nicht so wie ich, ihre Aufmerksamkeit darauf gerichtet haben. Ich möchte diese kuriosen Tage mit einem Worte die *unruhigen Tage* nennen, denn das ist das Hauptsächlichste, was an ihnen merkwürdig ist.

Ein solcher Tag kündigt sich gleich durch ein seltsames Wetter an: die Sonne geht auf eine eigene Art auf, wie man es sonst nicht an ihr gewohnt ist; die Wolken ziehn tief; der Wind bläst aus allen Weltgegenden; es fallen mehrere Ziegel vom Dache. Ich habe gleich ein besonderes Gefühl, an dem ich weiß, ob ein solcher Tag ein *unruhiger* werden wird, oder nicht. – Der Sonnenschein sieht an einem solchen Tage ganz anders aus, als gewöhnlich, und geht oft weg und kömmt schnell wieder. – Schon am frühen Morgen zanken sich die Leute aus den Fenstern über die Straße hinüber; man wirft sich hundert Sachen vor, die man bis auf diesen Tag verschwiegen hatte, und es hebt sich nun eine hartnäckige Feindschaft an. – Wenn es erst höher am Tage wird, sind die Leute weit früher betrunken, als sonst; in den einsamsten Straßen begegnen sich Wagen und versperren einander den Weg; die Fuhrleute schlagen sich; ein Wagen wird umgeworfen; die Personen darinnen rufen um Hülfe; hülfreiche Menschenfreunde erheben ein gewaltiges Geschrei und tun nichts.

Gegen Mittag liegen in den Hauptstraßen Aufwärterinnen mit dem Mittagsessen; gutgekleidete Leute werden nach der Wache gebracht; alle Kreditoren bekommen Lust, ihre Schulden einzufordern; man hört von Leuten, die plötzlich davongelaufen sind; wunderbare Lügen breiten sich aus, und alles ist in einer Art von Revolution.

Ich hüte mich an solchen Tagen sehr vor Händeln, denn jedermann ist dazu aufgelegt. Ich bin überzeugt, daß wichtige Begebenheiten an einem solchen Tage freiwillig ihren Anfang suchen. Ich gehe daher allen Menschen aus dem Wege.

An einem solchen Tage ritt ich aus der Stadt, um mein Dorf noch zu erreichen, denn allenthalben sah ich, wie der Tag auf die auffallendste Weise unruhig war. – Es ist, als wenn die träge langsame Zeit zuweilen Lust bekäme, sich schneller aus der Stelle zu bewegen; sie nimmt dann einen frischen Ansatz, und alle Gegenstände, an diese Raschheit nicht gewöhnt, fallen dann durch- und übereinander. Es ist gleichsam ein unsichtbares Erdbeben, das durch die lebendige und leblose Natur fortzittert.

Es war Nachmittag, als ich die Stadt verließ, und das schönste Wetter von der Welt. Am ganzen Horizonte war keine Wolke; ich freute mich schon im voraus auf den schönen Abend und auf die stille, feiernde Ruhe der Natur.

Es war wirklich durch den grünen Wald eine sehr angenehme Reise; die frische Kühle, der Sonnenschein, der durch die Zweige schimmerte, der Gesang der Vögel und der Duft der Kräuter und Bäume, alles versetzte mich in eine recht poetische Stimmung, und ich vergaß ganz, daß dieser Tag ein unruhiger Tag sein müsse; oder wenn ich daran gedacht hätte, so würde ich gewiß in dieser Stimmung den Glauben daran für eine Narrheit gehalten haben.

Wenn man aus dem Walde kömmt, so hat man anderthalb Meilen zu reiten, ehe man wieder ein Gebüsch, oder ein Dorf antrifft; ein freies, schönes Feld zeigt sich dann dem Blicke, in der Ferne die blauen Gebirge, die still und erhaben die Aussicht beschließen.

Kaum war ich aus dem Walde gekommen, so sah ich einige Wolken heraufziehen, und es war, als wenn ich es fernab im Gebirge donnern hörte. Aber ich ritt langsam weiter, weil dies im Sommer nichts Ungewöhnliches ist, und das Wetter dennoch schön bleibt. Es währte nicht lange, so hörte ich den Donner vernehmlicher; es kam mir auch ein stärkerer Wind entgegen.

Ich fing an, mißtrauischer zu werden, und mein Roß zu spornen. Aber kaum war ich eine Viertelstunde geritten, als der ganze Himmel schon schwarz bezogen war; die Sonne entfloh, und ein feuchter Wind zog langsam über das Feld.

Es verändert sich wirklich in der Welt nichts so schnell, als das Wetter, und es ist oft unbegreiflich, wo plötzlich die Heereszüge von Wolken herkommen. –

Der Regen stürzte nun herunter; der Blitz zuckte durch die schwarzen Wolken, und der Donner rollte laut über meinem Kopf weg. Mein Pferd ward scheu, und der Regen war mir selbst außerordentlich unangenehm. Kein Baum war in der Nähe, kein Dorf zu erreichen; der Regen fiel immer dichter, und der Donner ward immer lauter und häufiger. Stillestehn konnte ich nicht, denn der Regen konnte bis in die Nacht fortdauern; ritt ich aber weiter, so wurde mir Gesicht und Augen mit Strömen von Regen überschüttet, die mir der Wind entgegentrieb.

Jetzt sah ich ein, daß dieser Tag, trotz seiner anscheinenden Freundlichkeit, seinen boshaften Charakter nicht ablegen konnte. – Unwillig ritt ich weiter, und es war nun noch ein Vorteil mehr, daß das nasse Wetter die Wege schlüpfrig und uneben machte.

In den unangenehmsten Situationen aber findet sich die Geduld von selbst; sie ist dann keine Tugend mehr, sondern man ist nur aus Bequemlichkeit geduldig. Ich war froh, wenn mein Pferd nicht fiel, wenn der Blitz nicht dicht neben mir einschlug; jede ungeduldige Gebärde hätte nur meine Gefahr vermehrt, und am Ende fiel mir ein, daß das arme Pferd im Grunde noch übler daran sei, als ich selbst.

»Warum ist unser Körper so eingerichtet, daß der Regen eine unangenehme Wirkung auf ihn macht?« so sagt ich zu mir selbst, um mir nur die Zeit zu verkürzen. »Warum muß eine ganze Wolkenmasse auf mich armes zerbrechliches Wesen herunterstürzen? Schnupfen, Kopfweh, Husten, Erkältung, fliegen jetzt wie Harpyien in der Luft umher, und machen mich zu ihrer Beute. Es ist möglich, daß mein Pferd fällt, und ich mit einem zerbrochenen Fuße in diesem Wetter hier liegen muß; der Blitz kann mich treffen und mich lähmen, oder mir den wenigen Verstand gänzlich nehmen, den ich etwa noch habe. Es ist möglich, daß mein Kopf elektrisch wird, und die Elektrizität aus der Luft an sich zieht. – O Himmel! wie viele Gefahren und Schmerzen lauern rund um den armen kleinen Menschen, der nichts Böses im Sinne hat, sondern auf seinem Pferde nur nach Hause reiten will, um einen Eierkuchen zu verzehren. – O wäre doch erst die Sonne herunter, und dieser unruhige Tag zu Ende!« –

Jetzt ging alles gut, denn ich hatte mich in ein recht schönes Mitleid mit mir selbst hineingeklagt. Es war mir eine Art von Freude, daß die Regengüsse sich noch immer nicht verminderten, daß ich vor Kälte schon ganz erstarrt war. – Bewahre der Himmel, daß ich je auf die menschliche Eitelkeit schimpfen sollte! Sie ist das schönste Geschenk des Himmels, das diesen armen reduzierten und invaliden Engeln, den Menschen, zuteil ward; sie ist ein Ordensband, das jeder immer, in Leiden und Widerwärtigkeiten, so wie Yoricks armer Pastetenbäcker vorn im Knopfloche trägt: wenn ihn alles verläßt, so blickt er auf dieses Zeichen, und er ist getröstet. Man suche ihm nicht dies Andenken aus einer bessern Existenz zu rauben, denn dadurch macht man den Armen erst wirklich arm, und den Elenden elend.

Nach und nach ward ich so verdrüßlich, daß ich die Schritte des Weges zählte; denn man mag noch so geistreich und delikat mit sich selber umgehen, so verliert sich doch bald in einer solchen Lage die gute Lebensart, und man gesteht es sich, daß man ennuyant ist.

Endlich kam ich in dem Dorfe an; in der Schenke hörte ich ein großes Lärmen, denn es war gerade auf dem Lande ein Feiertag. Ich ließ mein Pferd in den Stall ziehn, und trat in die Wirtsstube.

Alle Anwesenden, selbst der Wirt nicht ausgeschlossen, hatten ziemlich viel getrunken. Man disputierte über Sachen, und wußte selbst nicht worüber; der Wirt strich mit einem grünen Kamisol umher, und füllte bald die Gläser von neuem, bald machte er sich unter die Disputierenden, bald mokierte er sich gegen einen andern über die Hauptstreiter, als über betrunkene Dummköpfe, die selbst nicht wüßten, was sie redeten.

Ich ließ mir etwas zu essen und zu trinken bringen, um dadurch nur ein Recht zu haben, in der Stube zu bleiben, bis der Regen aufhörte.

»Recht will ich haben!« rief ein kleiner brauner Kerl sehr heftig, und schlug dabei auf den Tisch – und recht, siehst du, hab ich, *und weiter braucht's nix!«* –

Sein Gegner war ein langer Mann, der still auf seinem Schemel sitzen blieb, um seine Betrunkenheit nicht zu verraten. Seine Augen waren klein, und er drückte sie noch mehr zu, um recht listig auszusehn. – »Nein, Nachbar Kasper«, sagte er gesetzt und nachdrücklich, »Ihr seid ein guter Mann, aber Ihr habt getrunken, und wißt nun nicht, was Ihr redet.«

»Ich, getrunken?« fing jener an: ich habe nichts getrunken, aber nun will ich erst trinken. – Ein Glas, Herr Wirt! dem langen Peter da zum Possen! – Ich kann trinken, so viel ich will, wenn ich bezahle, denn hier ist's Wirtshaus, *und weiter braucht's nix!«*

Wirt: Aber mit Maß, Kasper.

Kasper: Mit Maß oder ohne Maß, hier ist Geld *und weiter braucht's nix!*

Peter: Ei, es braucht noch viel mehr, Nachbar. – Verstand, Verstand muß man haben.

Kasper: Ich bin hier für mein Geld im Wirtshause, und solange ich Geld habe, habe ich auch Verstand, sieht Er, *und weiter braucht's nix!*

Diesen letzten Satz sprach er immer mit einem ganz besondern Nachdruck aus, denn er war sein *quod erat demonstrandum.* – Sein langer Gegner sah immer auf mich, und suchte mich durch Blicke auf seine Seite zu ziehn; als er sah, daß ich lachte, zuckte er über seinen Nachbar spöttisch die Schultern, und schüttelte mit dem Kopfe.

»Der Herr da«, fing er endlich an, »sieht auch ein, daß du ein Narr bist.«

»Das ist nicht wahr!« rief Kasper hitzig; »er lacht über deine Dummheit, daß du nix einsehn tust, daß du keine Vernunft annimmst. – Hier, Herr! sagen Sie mal; er hat unrecht, nicht wahr? Unrecht hat er, und weiter braucht's nix!«

»Laß den Herrn gehn«, rief der Wirt, »oder du mußt aus der Stube.«

»Laß Er ihn doch«, sagte ich, »er tut mir ja nicht zu nahe.«

»Nun, wenn Sie an Besoffenen Gefallen finden, in Gottes Namen!« brummte der Wirt.

Peter: Der Herr da wird schön bei sich über solchen besoffenen Esel spotten.

Kasper: Der Herr da soll mal sagen, ob ich besoffen bin. – Ha! – Kann ein Besoffener reden, wie ich? Ein Besoffener schnappt mit der Zunge über, so wie Gevatter Peter da. – Nicht wahr, Herr? aber den Verstand geradeaus, so sag ich und weiter braucht's nix!

Peter: Wer hat recht, mein Herr?

Ich: Wie kann ich das entscheiden? ich kenne ja die Ursach des Streits nicht.

Kasper: Daß er unrecht hat, davon ist die Rede!

Peter: Daß er keinen Verstand hat, ist meine Meinung.

Kasper: Nun, warum antwort't der Herr nicht? – Sind wir keiner Antwort wert? –

Peter: Recht, Kasper, du hast wie ein vernünftiger Mann gesprochen.

Kasper: Ja, weiter braucht's nix!

Peter: Sind wir keiner Antwort wert?

Ich konnte mich des Lachens nicht enthalten.

»Worüber lacht der Herr?« riefen beide Gegner sehr hitzig.

»Was ist hier zu lachen?« fragte Kasper; »antworten soll der Herr, und weiter braucht's nix!«

»Recht, Kasper«, fiel Peter ein, »da hast du die Wahrheit gesagt.«

»Der Herr sucht hier vielleicht Händel«, sagte der Wirt, und trat auf die Seite der Streitenden: »aber mein Haus ist ein ehrliches Haus, und ich will mir dergleichen verbitten.«

»Wir wollen ihn durchschlagen, daß er daran denkt«, rief Kasper, »und weiter braucht's nix!«

Und wirklich machten nun alle drei Miene, über mich herzufallen. Ich aber glaubte am besten zu tun, wenn ich den Anfall nicht abwartete; ich eilte nach dem Stalle, bestieg mein Pferd, und ritt davon, indem ich sie noch immer hinter mir aus dem Fenster schimpfen hörte.

Der Regen hatte zwar etwas nachgelassen, aber das Wetter war mir doch immer noch sehr empfindlich; ich beschloß daher, im nächsten Dorfe in der Schenke einzukehren. – Als ich ankam, fand ich alle Stuben leer; kein Mensch kam, mir das Pferd abzunehmen; ich rief, ich fluchte, aber alles war vergebens, denn alle Leute waren davongegangen, um ihr Heu in Sicherheit zu bringen, das der Regen von der Wiese zu verschwemmen drohte. Ein Kind saß in der Stube und sagte mir, daß es mit Pferden nicht umzugehen wisse, auch sei der Stall zugeschlossen.

Ich mußte fort, so leid es mir auch tat, denn ich konnte doch das arme Pferd nicht im Freien stehen lassen. Das nächste Dorf war nur eine Viertelmeile entfernt, und ich beschloß, mich endlich dort zu erquicken.

Als ich ankam, sah ein altes Weib durch das Fenster der Schenke, und fragte, ob ich einkehren wolle; sie sagte mir aber gleich dabei, daß sie das Pferd nicht unterbringen könne, und daß sie auch nur im Hause allein sei. Ich bat sie jetzt nur um ein Glas Kirschwasser, um mich zu erwärmen, und nur endlich nach Hause zu kommen. Sie kam mit einem Glase nach dem Fenster zurück, und ich bat sie, mir einen Taler zu wechseln, weil ich kein andres Geld bei mir hatte. – Schnell zog sie das Glas zurück. »Ei, gehorsamer Diener!« rief sie, »der Herr ist pfiffig! – Aber wir sind auch nicht so dumm, als wir aussehn. – Umsonst das Wasser, und noch Geld obendrein bekommen, für falsches Geld, was nicht zwei Groschen wert ist? Nein, großen Dank!« – Damit schob sie das Fenster wieder zu, und ich mußte weiterreisen.

Das Gewitter war jetzt vorüber, und ein feiner schneidender Regen eingetreten. Ich hatte nur noch zwei Meilen bis nach meinem Dorfe; von einer Anhöhe konnt ich es schon sehn. – Auf dem nächsten Dorfe ritt ich wieder vor die Schenke, fast schon überzeugt, daß hier ein neues Unglück entstehn müsse, und dies war auch wirklich der Fall; denn kaum war man in der Stube meiner ansichtig geworden, so eröffnete sich sogleich das Fenster, und vier starke Arme griffen nach dem Zaum meines Pferdes. – »Ei, das ist Lindners gestohlnes Pferd!« riefen alle Stimmen durcheinander: »gut, daß wir das wieder erwischt haben.« – In demselben Augenblicke umring- ten mich auch schon fünf bis sechs Bauern, und bestanden darauf, ich solle vom Pferde steigen, denn es sei gestohlnes Gut. Ich mochte dagegen sagen und einwenden, was ich wollte, ich wurde nicht gehört, sondern alle fingen nur an, desto stärker zu schreien, und man würde mich am Ende wahrscheinlich vom Pferde mit Gewalt geworfen haben, wenn nicht zu meinem Glücke ein Bauer hinzugekommen wäre, der mich und mein Pferd kannte, und für beide gutsagte.

Als ich schon in meinem Dorfe war, kamen mir noch einige Kühe entgegen, die beim Anblick meines Pferdes wild wurden: mein Pferd, das gern bei noch geringern Veranlassungen scheu wird, sprang plötzlich auf die Seite, und warf mich vor meinem eigenen Hause auf einen Haufen Stroh hin. – So war ich endlich glücklich in meiner Heimat angelangt.

Alle bedauerten mich des schlechten Wetters wegen, und ich sorgte für nichts so sehr, als mich gänzlich umzuziehn, und dann starken Kaffee zu trinken. Als beides geschehn war, fühlte ich mich nach den überstandenen Beschwerlichkeiten in meinem Sessel recht behaglich. – Ich überlegte bei mir selbst, ob denn nun der unruhige Tag wirklich geschlossen sei; ich glaubte, er müsse noch auf eine ganz eigne Art endigen, da dieser so ausgezeichnet gewesen war, wie ich nur noch wenige erlebt hatte.

Die Sonne ging sehr dunkelrot unter, und der ganze Garten war mit Purpur gefärbt. Ich beschloß, noch einen kleinen Spaziergang zu machen.

Die Luft und die Erleuchtung waren nach dem Regenwetter seltsam; alle Bäume und Stauden waren wie neubeseelt; die ganze Natur schöpfte nach dem Gewitter gleichsam frischen Atem, und alles Grüne funkelte wie Diamanten und Rubinen. Ich war noch mit vielen poetischen Ideen beschäftigt, als ich jemand bemerkte, der seitwärts durch die Gänge schlich. Es war niemand aus dem Dorfe, und auch kein Bekannter; es fiel mir auf. – Kaum hatte er mich gesehn, so kam er schnell auf mich zu, fiel, obgleich der Boden naß war, zu meinen Füßen nieder, und sprach schnell folgende Worte:

»Helfen Sie mir! schützen Sie mich, großmütiger Mann. – Sie können mich retten, wenn Sie wollen, und ich werde mich Ihnen zeitlebens verbunden erkennen. – Wenn Sie des Mitleids fähig sind, so nehmen Sie sich eines armen verlassenen Menschen an, der ohne Sie verloren ist.«

Ich wußte nicht, was ich denken oder sagen sollte, ich hielt den Menschen für wahnsinnig, bis es mir einfiel, daß dies die möglichbeste Beschließung dieses wunderbaren Tages sei. Ich fragte ihn noch einiges, und da er um meine Verschwiegenheit bat, so führte ich ihn endlich, ohne daß ihn jemand bemerkte, in ein Zimmer, das nach dem Garten ging, verschloß ihn dort, und trug ihm selbst nachher das Abendessen hinüber.

Jetzt war ich mit mir und dem Tage zufrieden. Warum hat unsre Seele zuweilen eine Begierde nach irgendeiner seltsamen Begebenheit? Was sind diese Ahndungen, die sie uns zuweilen gleichsam im voraus ankündigen? –

Dies ist die kurze Beschreibung eines von jenen unruhigen Tagen. Es sollten sich Leute mit ihren Beobachtungen beschäftigen, so fände man am Ende vielleicht, nach welchen Regeln sie wiederkehrten; dieses Studium wäre ebenso nützlich, als die Wetterbeobachtungen.

Sechstes Kapitel
Unglück meines Freundes Sintmal

Ich erwartete am folgenden Tage meinen Freund Sintmal, weil er versprochen hatte, mich zu besuchen. Die Wege waren vom Wetter außerordentlich schlecht geworden, und es regnete noch immer; kein Mensch setzte seine Reise fort, so, daß ich es aufgab, als ich mich etwas genauer umsah, daß er sein Versprechen erfüllen würde.

Sooft er mich besuchte, sah ich ihn immer um die Ecke des Dorfs auf einem alten, ziemlich steifen und trägen Gaule Schritt vor Schritt einherreiten. Das Pferd hatte seine gemessenen Befehle, an welchen Stellen es traben mußte, und es kannte diese schon, ohne daß es erinnert ward. Zum Dorfe mußte es immer langsam hineingehn, teils um nicht warm in den Stall gebracht zu werden (ob es gleich nie warm ward), teils weil einige große Steine im Wege lagen, an denen es leicht stolpern könne.

Der Amtmann hatte im Anfange einen Wagen gehabt, aber die Pferde waren einmal wild geworden, und ein andermal hatte ihn ein betrunkener Knecht umgeworfen, so daß er das Gelübde getan hatte, in keinem Wagen mehr zu sitzen. Er konnte aber seine Geschäfte unmöglich zu Fuß besorgen; er schaffte sich daher ein sichres und zuverlässiges Pferd an, das weder durchging, noch ihn durch seltsame Künste in Gefahr setzte. Nach vielem Bedenken erstand er sein jetziges in einer Auktion, nachdem er alle seine Freunde und Bekannten um Rat gefragt hatte; er probierte es einigemal, und es war ganz gut, nur hatte es das Unglück, bei jeder Gelegenheit zu stolpern. Eine Sache, die sehr unangenehm ist.

Nachdem er es gekauft hatte, ritt er mit mir einigemal aus, um sein Pferd an sich und sich an sein Pferd zu gewöhnen. Beide schienen recht sehr gut füreinander zu passen; das Pferd ging ebenso furchtsam, als er oben saß; es hatte vor dem Galopp denselben Abscheu mit seinem Herrn gemein, ja es gibt Leute, die behaupten wollen, der Gaul habe die Fähigkeit zu galoppieren völlig verloren; ich stieg einmal auf, um den Versuch zu machen, aber ich bin noch immer ungewiß, was es lief, denn es war eine Art von unterbrochnem, stoßenden Trab, den es wahrscheinlich für Galopp ausgab.

Mein Freund hatte immer noch sehr viele Bedenklichkeiten, dies Pferd zu reiten, er meinte, es habe noch zu viel Feuer, und er könne dadurch einmal in Unglück geraten. Er ritt es sich daher auf seine eigene Weise zu, und erfand einen Trab, der wirklich für ihn recht bequem ist, der aber nicht angenehm in die Augen fällt. Denn mit dem Kopfe fast auf der Erde, wackelt das Pferd ziemlich schnell von einem Orte zum andern; es stolpert dann nur selten, wenn man ihm seinen Willen läßt, und geht an den Stellen, die ihm schon bekannt sind, in den Schritt über, der fast noch bequemer und angenehmer ist; denn es hebt alsdann die Beine viel saumseliger auf, schreitet ehrbar daher, und stolpert nur bei wichtigen Veranlassungen. Pferd und Reiter sind nun auch so miteinander bekannt geworden, daß einer dem andern alles zu Gefallen tut, was er ihm nur abmerken kann.

Als es Abend wurde, heftete ich mein Auge doch nach der Ecke des Dorfes, um ihn zu erwarten; denn so schlecht das Wetter auch war, so unwahrscheinlich es sein mochte, so wünschte ich doch recht herzlich, ihn einmal wiederzusehn (denn ich hatte ihn in acht Tagen nicht gesprochen), daß ich nur an ihn dachte, und die Unwahrscheinlichkeiten gar nicht berechnete.

Es gibt für mich nichts Angenehmers, als ein Gespräch mit meinem Freunde Sintmal. Wenn wir uns einige Tage nicht gesehn haben, so hat er mir immer so mancherlei zu erzählen, und ich höre ihm mit so vieler Aufmerksamkeit zu, und interessiere mich für jede Geringfügigkeit, daß mir in seiner Gesellschaft die Stunden wie Minuten verfliegen. Es ist etwas Unbegreifliches in den Empfindungen der Freundschaft und Zuneigung. Wenn er mir gegenübersitzt, so verschlinge ich fast jedes Wort aus seinem Munde, und jedes gefällt mir, und kommt mir klug und bedeutend vor. Es ist ganz ohne Zweifel interessanter und belehrender, einen Menschen gleichsam so bis auf den Grund seiner Seele zu kennen, daß wir in jedem Worte die Einheit seines Wesens, die Übereinstimmung mit seiner ganzen Art zu denken, antreffen, als daß wir uns mit witzigen und großen Köpfen unterhalten, bei denen wir dem Bedeutungslosen so oft einen tiefen Sinn unterschieben, um uns nur selber zu täuschen: dort werden wir den ganzen innern Menschen gewahr, hier nur das, was auf seiner Oberfläche schimmert, was oft gar nicht mit ihm selber zusammenhängt.

In Stunden, in denen ich die Einteilungen liebe, habe ich die Menschen schon in drei Hauptklassen einteilen wollen. Da ich gerade davon rede, will ich es hier zum Scherz einmal wirklich tun.

Die erste Klasse nehmen die Köpfe ein, die für jede Idee, für jede Hypothese und jeden Zweifel gleich empfänglich sind. Die Seele dieser Leute ist fast in einer ununterbrochenen Tätigkeit: heute schwören sie für einen Satz und morgen für die Widerlegung derselben Wahrheit; es kömmt nicht sowohl darauf an, die sogenannte Wahrheit zu suchen, als nur die Kräfte ihres Geistes zu üben; sie sehen ihr Leben für eine Lustreise an, die keinen bestimmten Zweck hat; sie fahren immer fort, und unterrichten sich hier und da; sie bleiben wochenlang an einem angenehmen Orte, dann reisen sie wieder schnell, ohne doch eigentlich den Weg zu beschleunigen, weil sie kein andres Ziel haben, als das, an dem sie unmittelbar stehen. Es sind Epikureer im Denken; sie nehmen nichts in der Welt ganz wichtig; alles ist für sie nur flüchtige Erscheinung, die kommt und geht. Mit ihnen selbst hängt nichts näher zusammen, als insofern es einen Eindruck auf sie macht. – Leser aus dieser Klasse sind imstande, mich heut zu loben, morgen zu verachten, und doch nach ihrer Überzeugung zu handeln: diese Leute werden von denen aus der zweiten und dritten Klasse gewöhnlich die guten, aber unruhigen Köpfe genannt. Man findet sie auch oft gefährlich, weil die meisten eine Anlage zu spotten haben; dies ist die Ursach, warum diese Leute manchmal in der Ferne boshaft aussehn.

Die zweite Klasse besteht aus Leuten, die den eben beschriebenen geradezu entgegenstehn. Sie gehn mit sich selbst sehr haushältrisch um, indem sie sich und alles um sich her sehr wichtig finden. Was sie interessiert, beziehen sie sehr nahe auf sich selbst, ja es vereinigt sich mit ihrem Wesen; denn der Schein, der alle Gegenstände umgibt, ist nur der Widerschein ihres eigenen Geistes. Sie sind intoleranter, aber billiger und menschenfreundlicher als die Leute aus der ersten Klasse. Sie suchen keinem Unrecht zu tun, und fürchten sich vor manchen Gedanken, so wie vor manchen Menschen. Was sie lieben, lieben sie innig, und ihre Zuneigung leidet keine Veränderung, ja wenn sie in sich die Möglichkeit einer solchen Veränderung fühlen, so leugnen sie sich dies Gefühl mit Gewalt ab. Man weiß bei diesen Menschen sogleich, woran man ist. Sie haben gleichsam angeborne Ideen mit auf die Welt gebracht, und diese suchen sie zu erweitern und zu berichtigen, ohne an die Kritik dieser Ideen selbst zu denken. Wenn uns die erste Klasse das Bild einer schönen Seelentätigkeit gibt, so erfreuet uns diese durch die ruhige und vollendete Einheit, die in ihrem Innern herrscht. Mein Freund Sintmal gehört in diese Klasse.

Weil man bei jeder Einteilung einige Klassen macht, die bloß dazu dienen, die Gegenstände hineinzubringen, die sich in die übrigen nicht schicken wollen, so habe ich aus eben dieser Ursach auch meine dritte Klasse erfunden. Es sind nämlich Menschen, die man gewiß mit einigem Scharfsinn noch auf mancherlei Art abteilen könnte. Sie sind in allen Meinungen Parteigänger; sie gehn von dieser zu jener über, denn der Dienst einer jeden Vernunft wird ihnen am Ende unbequem. Sie machen in der Welt den größten Haufen aus, vorzüglich aber unter den Lesern, denn die Lektür ist ihr Element. Sie leben nicht, sondern lesen nur die fingierten Lebensgeschichten andrer Helden; sie denken und fühlen nicht für sich selbst, sondern sie fühlen ihre gedruckten Bücher durch. Sie sind die langweiligsten, aber auch die glücklichsten Geschöpfe in der Welt, denn sie sind von ihrem eigenen Werte hinlänglich überzeugt. Die meisten, wenn sie dieses lesen, werden die Schilderung der ersten Klasse mit vieler Vorliebe allen ihren Freunden vortragen, weil sie glauben werden, es sei die Charakteristik von ihnen. Ihr Schwanken, hiehin und dorthin, halten sie für die Fülle ihres Geistes; sie suchen den Mangel und die Leere in allen Gegenständen, von denen sie umgeben werden, nicht in sich selbst; sie haben keinen deutlichen Begriff von der Energie der Seele, und trauen sich daher sehr viel zu. Sie stehen unaufhörlich in einem Dilemma, das ihnen der Verstand vorlegt, und, um sich loszuwickeln, handeln sie lieber gegen alle Vernunft, als daß sie überlegen und unschlüssig bleiben sollten. –

Doch, es ist Zeit, daß ich zu meinem Freunde zurückkehre. – Es war schon spät am Abend, und ich gab es auf, daß ich ihn sehn würde, denn das Wetter wurde mit jedem Augenblicke stürmischer und unangenehmer. Ich hörte keinen Pferdeschritt, kein heiseres Wiehern, wodurch sich der alte Klepper immer anzukündigen pflegte, ich sah auch den Kopf des Tiers nicht um die Ecke wackeln, kurz, ich hoffte nicht, den Amtmann heute noch zu sehn, und ging daher vom Fenster weg.

Plötzlich öffnet sich meine Stubentür, und er ist es selbst, der hereintritt! Ganz mit Kot bespritzt, mit schmutzigen Stiefeln und Sporen, vom Regen durchnäßt. Ich ging ihm voller Erstaunen entgegen, und fragte ihn, wie er in dem schlechten Wetter noch so spät ankomme?

»Muß ein deutscher Biedermann nicht sein gegebnes Wort halten?« sagte er, indem er mir die Hand drückte.

Da ich ihn schon kannte, merkte ich es seinem freundlichen Gesichte an, daß diese Antwort und mein freudiges Erstaunen ihm hinlänglicher Ersatz für alle überstandenen Beschwerlichkeiten waren. Denn er kann sich so gut wie der alte Shandy durch eine gute Antwort über sein Unglück trösten.

»Aber wo ist Ihr Pferd«, fragte ich ihn weiter?

»Ich habe keines mitgebracht«, antwortete er mit einem sehr gutmütigen Lächeln.

»Und doch in Sporen?«

»Ach, lieber Freund, lassen Sie sich mein Unglück erzählen!« –

Er setzte sich nieder. Ich gab ihm einen Schlafrock und Wäsche, damit er seine nassen Kleider ausziehn könne. Mit außerordentlicher Innigkeit griff er nach der Schlafmütze, und setzte sie mit einer feierlichen Gebärde auf den Kopf. Er sah nun wirklich ehrwürdig, aber doch dabei komisch aus; er wußte schon, daß ich jedesmal lachte, wenn ich ihn in einer Schlafmütze sah, er nahm es mir daher gar nicht übel.

»Lassen Sie sich mein Unglück erzählen«, fing er nun von neuem an. – Sie haben mein Pferd gekannt, nicht wahr? Nun, Gott weiß, es war ein gutes, und dabei ein sanftmütiges Tier; ein Tier, wie man es nicht immer findet. Es war ein Paßgänger; er ging so sanft, daß man beim Reiten ordentlich lesen konnte. Die Sache lobt sich selbst, ich brauche also nichts weiter zu sagen. Aber in der vorigen Woche, als ich vor einem Wirtshause absteige, macht der Rappe, weiß der Himmel, aus welcher Ursach – das Maul weit auf und schnappt nach meinem Arm; es fehlte wenig, so hätte er ihn erreicht und mich tüchtig gebissen. Sie können sich denken, wie ich erschrak, und daß ich sogleich ein Mißtrauen gegen das Pferd bekam. Als ich nachher mit vieler Behutsamkeit wieder aufstieg, und dem Maule ordentlich auswich, suchte es mir mit einem Hinterbeine auf den rechten Fuß zu treten, und hätte auch beinahe seine Absicht erreicht. Ich wußte gar nicht, woran ich war. Auf dem Rückweg hatte das Pferd einen viel schlechtern Gang, als gewöhnlich. Als ich wieder nach Hause kam, meldet sich am folgenden Tage ein Mensch bei mir, der mich gerne sprechen will. Er kömmt und frägt, ob ich wohl ein Pferd kaufen möchte. Ich sage ihm, ich hätte selber eins, und ein exzellentes; wir gehn miteinander in den Stall. Mein Pferd stand an der Krippe und schüttelte unaufhörlich mit dem Kopfe. Wir wunderten uns beide darüber, und ich erzählte ihm nun die neulichen Vorfälle. Er besah hierauf das Pferd recht genau, und meinte am Ende, es würde wohl unverständig oder verrückt werden; er schilderte mir alle die Gefahren recht lebhaft, die man bei einem verrückten Pferde habe, und ich fragte ihn endlich, ob er mir mein Pferd nicht abkaufen wolle. Er schlug mir einen Tausch vor, wenn ich noch etwas in den Kauf obenein geben wollte, weil ich bei dem Handel einen sichtbaren Vorteil hätte. Sein Pferd stand im Hofe. »Wahrhaftig, ein schönes Tier; es sieht ganz aus, wie Ihr Brauner.« Ich besah es von allen Seiten, und konnte keinen Fehler entdecken, ob ich freilich wohl nichts davon verstehe, und in der Zeit an ganz andre Sachen dachte. Ich bot ihm endlich mein Pferd dagegen ohne alles Geld. Er fragte mich, ob ich glaube, daß er das Pferd gestohlen habe, was er mit einem verrückten Pferde solle? und dergleichen Roßhändlerredensarten mehr. Wir wurden endlich einig, ich gab ihm mein Pferd und noch zehn Taler obenein. Heute fing ich nun an, das Pferd zu probieren, und ging ganz gut, nur daß es mir etwas zu lebhaft trabte. Ich komme an einen Kreuzweg, und bin gesonnen, geradeaus zu reiten, und das Dorf linker Hand liegen zu lassen. Aber mit einem Male verändert sich das Pferd so, daß ich es gar nicht wiedererkenne. Es bäumt sich, etwas, das mir noch zeitlebens mit keinem Pferde begegnet ist; es geht von der Seite, kurz, es macht tausend Streiche, die mich in die größte Angst versetzten. Ich nehme mich aber zusammen, und setze mich recht fest in den Sattel; ich führe den Zügel und die Trense, so gut ich kann, und gebe ihm auch manchmal verstohlnerweise die Sporen ein wenig. Es ging wirklich ganz gut, und ich bringe das Pferd endlich auf den rechten Weg; ich lasse die Zügel nach, und plötzlich wird das Pferd wild, und geht mit mir auf die unbarmherzigste Art durch. Ich wußte nicht, was ich machen sollte; ich verlor die Bügel, und endlich fiel ich gar herunter, und das war jetzt auch das Gescheiteste, was ich tun konnte, denn das tolle Tier lief nun über Acker und Wiesen immer geradeaus, und hat gewiß in irgendeinem Graben den Hals gebrochen. Da es ohngefähr nur noch eine Meile bis hieher war, so machte ich den Rest des Weges zu Fuß, und so bin ich nun hier angekommen. Was mich nun dauert, ist mein gutes altes Pferd, um das ich bei dieser Gelegenheit so schändlicherweise gekommen bin. Wenn ich das nur wiederbekäme, so wollte ich mich gern über mein ganzes Unglück zufriedengeben.«

Ich tröstete meinen Freund, so gut ich konnte, und bestellte für ihn das Abendessen und ein Bett. Nach einer Stunde kam jemand, der den Amtmann bei mir suchte; es war ein Bauer, der mit seinem Nachbar das Pferd des Amtmanns und seinen Reiter angehalten hatte, weil sie geglaubt hatten, der Amtmann könne von diesem wohl gar umgebracht sein. Es entdeckte sich jetzt zugleich, daß dieser Mensch einem andern Bauer ein Pferd gestohlen, und dies gestohlne meinem Freunde verkauft hatte. – Die Freude des Amtmanns, als er seinen alten Gaul wiedersah, war außerordentlich.

»Ei«, rief er, »bist du wieder da? Gottlob! daß ich dich wiederhabe! – Nur mußt du dir deine Neckereien und deine närrischen Streiche abgewöhnen. Verrückt im Kopfe bist du so wenig, wie ich selbst; ich habe dich immer als ein vernünftiges, gutdenkendes Tier gekannt. Nein, nun wollen wir auch beisammen bleiben. – Nun hatten Sie ja doch, mein sauberer Herr, das Pferd gestohlen. Ei! ei! und dann bieten Sie einem ehrlichen Manne einen Tausch an? Ein herrlicher Tausch! wahrhaftig! – Aber wo ist denn das andre tolle Tier geblieben?«

Die Bauern gaben uns die Nachricht, es sei von selbst wieder zu seinem Herrn in den Stall gelaufen.

»Da sehe man nur!« rief mein Freund aus. »Sieht Er« (indem er sich gegen den Pferdedieb wandte), »ein unvernünftiges Tier beschämt Ihn, und hat eine vernünftige Vorstellung von Recht und Eigentum. Da nehm Er sich ein Exempel, mein Freund, und werd Er um Gottes willen besser, sonst kömmt Er höchstwahrscheinlich an den Galgen.« –

Alle waren jetzt zufriedengestellt; die Bauern gingen nach Hause, und ich setzte mich mit Sintmal zu Tische.

Siebentes Kapitel
Über Biedermänner

Mein Freund nannte sich vorher einen deutschen Biedermann, und ich bin willens, hier etwas über diese Gattung von Leuten zu sagen.

Man hört den Ausdruck jetzt so häufig, und in Büchern wie im gemeinen Leben von so vielen Leuten gebraucht, daß man glauben sollte, wir wären in die alten ehrlichen Zeiten unsrer Voreltern zurückversetzt. Man stößt auch auf nichts so häufig, als auf diese angeblichen Biedermänner, und sosehr ich mich vor ihnen in acht nehme, haben sie mich doch schon oft mit ihrer Biederkeit verfolgt.

Daß zu *diesen biedern Leuten* mein Freund nicht gehöre, werden meine Leser von selber einsehn; er ist wirklich das, was die andern nur scheinen wollen, und er weiß es bis jetzt noch nicht, daß mir dieser Ausdruck etwas zuwider ist, daher nennt er sich so.

Jene Biedermänner sind gewöhnlich Leute, denen es zu unbequem ist, höflich zu sein, und die sich aus Faulheit in einen gewissen groben Ton werfen, den sie gar zu gern für den echten deutschen ausgeben möchten. Sie gehn darauf aus, gleich mit jedermann vertraut zu werden, damit sie nur nicht nötig haben, Umstände mit ihm zu machen, oder jene Delikatessen des Umgangs zu beobachten, die für sie eine wahre Arbeit sind. So gern sie unhöflich werden, so ertragen sie doch keine Unhöflichkeit von andern, sie wollen nur unter den übrigen Menschen eine Art von Gleichheit herstellen, damit sie sie auf ihre Art beherrschen können.

Ich kannte einmal einen dieser Gattung, der, nachdem ich ihn zum ersten Male gesehn hatte, ohne Umstände alle meine Geheimnisse von mir verlangte. Er sagte mir auch sogleich, wieviel Schulden er habe, was er am liebsten esse, was er gelesen habe, in welches Frauenzimmer er auf seine Art verliebt sei. Solche Menschen suchen so etwas gegeneinander auszutauschen, so wie die Wilden einen Ring zerbrechen, um sich daran wiederzukennen: aus Zufälligkeiten formieren sie sich den Charakter ihrer Freunde, und behandeln sie dann auf die plumpste Weise. Wen sie durch einen Zufall einmal berauscht gesehn haben, mit dem sprechen sie nachher nichts, als von dem Unterschied der Weine, und welchen man erst, und welchen man später trinken müsse, um den wahren kunstmäßigen Rausch zu bekommen. Sie breiten dabei in der ganzen Welt aus, daß dieser, ihr Freund, vom Aufgang der Sonne bis in die tiefe Nacht betrunken sei, er sei sonst ein braver *biederer Kerl*, nur habe er diese ganz besondere Eigenheit. Durch diese Menschen kann der Unschuldigste den schlechtesten Ruf bekommen. – Als ich nun jenem Biedermanne, von dem ich oben sprach, sagte, daß ich gar keine Geheimnisse habe, ward er böse auf mich, und schalt mich einen verschlossenen, hinterlistigen Menschen, der in den boshaften Künsten der sogenannten feinen Welt erfahren sei, der nicht zu den echten Deutschen gehöre, denn ohne Geheimnisse könne man so wenig, wie ohne Luft, leben. Er trotzte dabei gewaltig auf seine große Ehrlichkeit, und meinte, ich müßte ihm alles, ja selbst mein Leben, anvertrauen. Da ich aber die Notwendigkeit davon durchaus nicht einsehn wollte, ließ er endlich von mir ab, und schwur, ich sei nicht eines tüchtigen Handdrucks wert.

Einen andern traf ich einmal, der mich erinnerte, daß wir in einem Wirtshause miteinander gegessen und sogar über die französischen Angelegenheiten dieselbe Meinung gehabt hätten. Ohne alle weiteren Umstände zog er daraus die Folgerung, daß ich ihm jetzt auf eine unbestimmte Zeit eine Summe Geldes leihen müßte. Diesen loszuwerden, ward mir noch um vieles schwerer.

Die kleinsten Leiden, die man von diesen Menschen erduldet, sind, daß sie einen auf der Promenade vertraulich unterm Arm nehmen, auf und ab gehn, und dabei so laut und so dumm sprechen, als sie es nur immer möglich machen können. Daß sie ihren angeblichen teuersten Freund besuchen, und vor dem Mittagsessen nicht wieder fortgehn, wenn sie gleich gewahr werden, daß er beschäftigt ist; daß sie Bücher wegnehmen, ohne es anzuzeigen, und sie nachher vergessen; daß sie so viel Gutes von ihrem Freunde in der Stadt und so großsprecherisch erzählen, daß jedermann das Schlechte nur um so leichter glaubt.

Auf den Universitäten geben diese Gattung von Leuten zuweilen den Ton an: sie spielen dort die wiederhergestellten altdeutschen Ritter, die Verfechter der Freiheit, die Eingeweihten in geheime der Menschheit wohltätige Orden: zur Ehre ihrer Freunde und zum Besten des Vaterlandes trinken sie Bier und rauchen Tabak, schlagen sich, und lernen es mit jedem Tage mehr, *Biedermänner* zu sein.

Von den wahren, echten Biedermännern brauche ich kein Wort zu sagen, sie bedürfen keines Kommentars, und zu diesen gehört Sintmal.

Achtes Kapitel
Eine Erzählung

Es ist Zeit, daß ich wieder auf den interessanten Unbekannten komme.

Es fiel mir wieder ein, daß es denn doch im Grunde ein wunderbarer Mensch sein müsse, der sich ohne Umstände im schlechten, schmutzigen Wetter vor mir auf die Knie werfen könne. Es zieht nichts so sehr an, als etwas Wunderbares am Menschen, und ich warf es mir vor, daß ich mich nicht mehr um ihn bekümmert habe. – Wäre es meine Pflicht, mit an den gangbaren modernen Romanen zu arbeiten, so hätte ich mir wirklich keinen bessern Fund wünschen können, als diesen Unbekannten: die Erfindung, Plan, Anordnung der Charaktere, ganze Stellen, und wahrscheinlich auch Briefe, wären mir dann ordentlich ins Haus und vor die Füße gefallen, so, daß ich alles nur geradezu in die Druckerei hätte schicken dürfen, ohne zu besorgen, daß irgendein Rezensent nachher behauptete, es sei vieles, ja fast alles, aus andern längst bekannten Büchern entlehnt. Ich hatte ja die Natur und die Wahrheit selbst in meinem eigenen Zimmer verschlossen; ich hatte ihr selbst das Essen hinübergetragen, und ein Paar äußerst wehmütige Augen waren mir entgegen kommen. – Wie herrlich konnte sich nicht schon die Einleitung ausnehmen:

»Die Sonne ging unter. Ich ging in meinem Garten spazieren, um die letzten, sterbenden Akzente der Nachtigall zu vernehmen. Wunderbare Töne zogen durch das Laub, und meine ganze Seele erweiterte sich zur Sehnsucht, zur allgemeinen Bruderliebe: da drängte sich plötzlich eine unbekannte Gestalt aus den Gebüschen hervor, und stürzte mit einer wilden, verzweiflungsvollen Gebärde vor meinen Füßen nieder. – ›Rettung!‹ rief der Unbekannte, und hob die Hände empor; an der rechten Hand entdeckt ich mit Entsetzen einen, ach! mir nur zu wohlbekannten Ring. – ›Woher?‹ rief ich stammelnd, u. s. w.«

Kann ein interessanter Roman besser anfangen? – Diese ganze Stelle lag mir schon im Gedächtnisse, und es war freilich viel hinzugelogen, z. B. die Geschichte mit dem Ringe, des Regenwetters war nicht erwähnt, meine Frau, mein Schwiegervater und Sintmal würden in einem solchen Roman eine alberne Rolle spielen, wenn sie nicht etwas idealisiert würden; ich hatte daher beschlossen, alle diese Umstände wegzulassen, und mich und den Unbekannten nur recht interessant zu machen. Ich dachte schon an einen anlockenden Titel, der zugleich neu und originell wäre, als etwa:

>»Der schwarze Ulrich gab sich alle Mühe, Geister zu sehn,
>wunderbar geschah es, und er geriet in die Orlaburg.
>Erster Teil.
>Berlin, bei * * * *«.

Als ich noch diese gottlosen Gedanken hegte, trat mir mein Freund Sintmal entgegen, und ich schämte mich vor seinem einfachen Gesichte so herzlich, daß ich sogleich den ganzen Plan aufgab, und nur nachher mit einem guten Freunde darüber scherzte, der vielleicht verräterischerweise meinen Einfall dem *Verfasser der schwarzen Brüder* mitgeteilt hat, der ihn, ohne zu säumen, ausführte. Ich hatte jetzt zu viel wahres Mitleiden mit dem Unbekannten, um albern zu tun.

Ich sah aber ein, daß er unmöglich so wie bisher verborgen bleiben könne; meine Hausgenossen mußten mit ihm bekannt werden, eben, damit er sicher wäre. Ich ging daher zu ihm, und sagte ihm, daß er sich auf die Verschwiegenheit der Menschen, denen ich ihn vorstellen würde, so wie auf die meinige, verlassen könne, daß ein zu ängstlich Geheimtun nur dazu dienen würde, die Aufmerksamkeit nach ihm hinzulenken. Er war mit allem zufrieden, was ich ihm vorschlug, und so führte ich ihn dann in die versammelte Gesellschaft, der ich den Vorfall erzählt hatte.

Der Unbekannte trat hinein, und verbeugte sich gegen alle sehr verbindlich, aber doch nach meiner Meinung etwas zu tief. Mein Schwiegervater musterte ihn vom Kopf bis zu den Füßen, und Sintmal nahm die Schlafmütze ab, weil ihn nichts so sehr als ein fremder Mensch geniert, besonders, wenn er ziemlich feine Sitten hat.

»Ich freue mich«, fing der Unbekannte an, »eine Gesellschaft kennenzulernen, in die ich von einem so edlen Manne eingeführt werde. – Sie werden erfahren haben, wie ich hier aufgenommen worden bin; und da mir ein Biedermann die Versicherung gegeben hat, daß ich mich auf Ihre allerseitige Verschwiegenheit verlassen kann, so trage ich kein Bedenken, Ihnen meine Geschichte und die Ursachen meiner Flucht anzuvertrauen.«

Die Benennung, *Biedermann*, fiel mir unangenehm auf.

»Ich bin überzeugt«, fuhr der Unbekannte mit einem wehmütigen Tone fort, »daß mein Schicksal fast einzig in seiner Art zu nennen ist: ich bin daher schon manchmal auf den Gedanken gefallen, ob ich nicht zu meiner Rechtfertigung meine eigene Geschichte niederschreiben sollte.«

Hier ward ich sehr rot.

»Es ist wenigstens«, sprach der Unbekannte weiter, ohne auf mich zu merken, »mehr der Mühe wert, als so manche schale, langweilige Biographie, die uns die alltäglichsten Dinge weitläufig erzählt, und wo der Verfasser immer noch überzeugt ist, daß eben diese Alltäglichkeiten das größte Interesse erregen müßten.«

Ich wußte mich kaum mehr zu lassen, denn es war gerade, als wenn auf mich und den ersten Teil meiner Lebensbeschreibung mit Fingern gewiesen würde; in dem Unbekannten saß gleichsam das ganze Lesepublikum personifiziert in meiner Stube, und hielt mir meine Unverschämtheit vor. – Der Unbekannte kehrte sich gar nicht daran, daß ich auf meinem Stuhle hin und her rückte, sondern ging nun zu seiner eigentlichen Geschichte über und erzählte folgendermaßen:

»Ich bin der einzige Sohn eines angesehenen und begüterten Edelmanns, dessen Namen ich Ihnen aber verschweigen muß. Mein Vater liebte mich unbeschreiblich, und seine Erziehung war, ich darf es wohl sagen, nur allzu sorgfältig, denn er gewöhnte mich zu einer Zartheit und Weichheit des Gefühls, die mir nachher unter den übrigen Menschen großen Schaden getan hat. Nichts wird in der Welt so sehr verkannt, als ein weiches Herz; nur wenige wissen es zu achten; dieses Wiedererkennen bleibt nur ein Regal der Unglücklichen; die Glücklichen stoßen ein solches Wesen zurück.

War es ein Wunder, daß ich bei dieser Zartheit die schönste der menschlichen Leidenschaften schon sehr früh kennenlernte? das Gegenteil wäre unbegreiflich gewesen. Ein Mädchen in der Nachbarschaft zog erst meine Aufmerksamkeit und bald meine ganze Liebe auf sich. Sie bemerkte mich bald, und welch ein glücklicher Abend war es, als die Sonne purpurrot hinter dem Tannenberge unterging, und ich den ersten Kuß von ihren Lippen pflückte!

Ich übergehe die Geschichte meiner Liebe, des schönsten Frühlings meines Lebens. Im Herbste macht die Erinnerung des holdseligen Mais nur trübe Augenblicke. Ich schweige ebenfalls von manchen wunderbaren Vorfällen, um Ihre Geduld nicht zu ermüden. In einer weitläuftigern Erzählung würde es vielleicht Teilnahme erregen, aber jetzt will ich Ihnen nur sagen, was mich bewog, Ihren Schutz zu suchen.

Das Mädchen war arm, und ich wagte es daher nie, meinem Vater meine Liebe zu entdecken: trotz seiner Zärtlichkeit waren mir seine Plane sehr gut bekannt, ich hätte dadurch seine schöne Aussicht getrübt, und so mußte ich lernen, mich zu verstellen, bis ich endlich das Zutrauen zu ihm wirklich verlor.

Ich hatte einen Freund, den ich wie mich selber liebte: er war von Kindheit auf mit mir umgegangen, und wir erzeigten uns beide jede nur mögliche Gefälligkeit. Wie erschrak ich aber, als er mir eines Tages vertraute, daß er dasselbe Mädchen liebe, das ich mir auserkoren hatte. Da er nichts von meinem Verhältnisse mit ihr wußte, so bat er mich, sein Fürsprecher bei ihr und dem Vater zu sein, weil er es nicht selber wage, für sich zu reden. Ich war oft in jenem Hause, und in der Verwirrung tat ich das unbesonnene Versprechen; ich sah die Unmöglichkeit ein, daß Adelaide jemals die meinige werden könne; ich nahm mir daher übereilterweise vor, meine Seligkeit dem Glücke meines Freundes aufzuopfern. – Aber bald gereute mich dieser zu rasche Entschluß, der, wie ich einsahe, ihm auch nicht einmal von Nutzen sein konnte, denn Adelaide liebte mich; ich wagte es aber nicht, ihm dies zu sagen, und dadurch erzeugte sich nach und nach ein zurückhaltendes Betragen gegen meinen Freund, das ich mir nie vergeben werde. Ich hielt ihn immer mit der Hoffnung hin, daß er seine Wünsche wohl noch erfüllt sehn könnte; ich täuschte ihn durch leere Worte, und so verging ein ganzes Jahr, während welchem mein Vater starb.

Meine Wünsche standen nun in meiner Gewalt, und ich benutzte meine Freiheit dazu, um Adelaiden anzuhalten, die mir auch sogleich bewilligt ward. Es war unmöglich, meinem Freunde diesen Schritt zu verbergen, der sogleich zur größten Wut überging. Er hielt mich für einen Menschen, der ihn verraten, und sein Vertrauen gemißbraucht habe; er wußte es nicht, wie vielen Kampf, wie vielen Schmerz mich mein Zustand gekostet hatte; er sah und hörte nur seinen Zorn. Kurz, er foderte mich, und alle meine Vorstellungen halfen nichts; in der unglücklichsten Stunde meines Lebens mußte ich meinen Freund erstechen, der mich noch sterbend verfluchte. – Ich entfloh sogleich; die Verwandten des jungen Menschen verfolgten mich, sosehr sie nur konnten; sie streuten wunderbare Gerüchte aus, um meiner nur habhaft zu werden: ich wußte kein anderes Mittel, ich verkleidete mich, bis mir seit einigen Tagen meine Verfolger so nahe waren, daß ich ihnen nur entgehn konnte, wenn ich mich einige Zeit verborgen hielt. – Aus dieser Ursach sucht ich bei Ihnen einen Zufluchtsort. –

Ich habe seitdem gehört, daß auch Adelaide vor Schrecken und Gram gestorben sei: ich halte aus vielen Gründen diese Nachricht für Wahrheit. – Jetzt bin ich nur noch allein übrig. – –«

Er fing heftig an zu weinen, und verließ schnell die Gesellschaft. – Hannchen, die sehr gerührt war, ging ebenfalls fort.

Ich habe im vorigen Kapitel einen Fremden redend eingeführt, ohne mich vorher darum zu bekümmern, ob sein Stil auch den Lesern gefallen würde. Er hätte ohne Zweifel blumenreicher sprechen sollen, so hätte gewiß diese interessante Geschichte noch mehr Wirkung getan.

Als er abgegangen war, überlegte ich bei mir, welch ein außerordentlich anziehendes Buch aus dieser Begebenheit entstehen müßte, wenn man die Geisterwelt nur etwas mit hineinmischte, etwa nur einen ganz kleinen Kobold, oder auch nur eine Stimme von ferne, oder einige Wahrsagungen. Wie fein konnte die peinliche Situation der beiden Freunde ausgemalt werden! Welch ein schöner, heroischer, und doch weicher Charakter ließ sich auf den bloßen Namen Adelaide gründen! Das Duell konnte zugleich eine schöne moralische Wirkung auf den Leser tun, und der Schluß so grausenvoll eingerichtet werden, wie es im *Abdallah* nur immer geschehen ist.

Als ich von meinem Traum erwachte, sah ich, daß Sintmal seine Schlafmütze wieder aufgesetzt hatte, und mit meinem Schwiegervater in einem Gespräche verwickelt war. – »Es ist immer eine seltsame Geschichte«, sagte Sintmal, indem er den Finger an die kleine Nase legte, und dabei äußerst gutmütig lächelte.

»Seltsam?« rief Vater Martin aus, »romanhaft ist sie! Gerade wie ein Auszug aus einem Roman!«

»Ob auch alles darin so wahr sein mag?« sagte Sintmal, indem er den Finger von der Nase herunterfallen ließ, um mit der Halsbinde zu spielen.

Martin: Gott verzeih mir die Sünde, ich halte nach meiner Einfalt alles für erlogen. Mir kommt der Mensch wie ein Windbeutel vor, der sich mit uns einen empfindsamen Spaß machen will, und die ganze jämmerliche Geschichte erst erfunden hat, indem er sie uns erzählte. – Duell! das ist so ein alter, abgedroschner Pfiff: solche Menschen kommen sich als Mordtäter so wichtig und mitleidswürdig vor, daß sie sich am Ende das Ding wahrhaftig selber weismachen.

Sintmal: Das wäre denn doch eine ziemlich schwierige Sache.

Martin: So ein Kerl, der gar keinen eigentlichen Charakter hat, kann sich leicht auf einige Tage irgendeinen machen, der ihm ansteht: er weiß Komödien auswendig, und spielt sich in die erste beste hinein; er ist Akteur und Zuschauer zugleich, und so geht denn das Ding ganz vortrefflich.

Ich: Wie unbillig! wie intolerant! Sie kennen diesen Menschen gar nicht, und wollen ihn so genau beurteilen?

Martin: Ich sage nur, wie er mir vorkommt. Ein rechtlicher Mensch wird nicht so handeln, wie er von sich erzählt, es aber noch weniger unbekannten Leuten erzählen.

Ich: Er hält uns in seiner Gutmütigkeit für seine Freunde.

Martin: Eine schöne Gutmütigkeit, uns die Haut so vollzulügen.

Sintmal: Mir scheint es auch nur Eitelkeit, daß er mit seiner Erzählung auf mancherlei Art glänzen wollte.

Ich: Ihr seid ein paar Menschenfeinde.

Sintmal: Ich nicht, aber sein Wesen war mir zuwider, besonders, daß er von sich selbst eine Geschichte schreiben wollte.

Ich: Nun, das ist denn wohl etwas sehr Unschuldiges. – (*NB.* Hätte ich nur nicht schon den ersten Teil meiner Geschichte herausgegeben, so hätte ich gewiß nicht so geantwortet.)

Sintmal: Diese einzige Äußerung war die Ursach, daß ich seiner ganzen Erzählung nicht glauben konnte. Und wenn sie auch wahr ist, so hat er sich gegen seinen Freund äußerst niederträchtig aufgeführt.

Ich: O ihr Unbilligen! die ihr euch nicht in eine zarte Seele hineindenken könnt, die von ihrer Pflicht und ihrem Gefühl gleich stark geängstigt wird, und nicht weiß, wofür sie sich entscheiden soll, und in dieser Verwirrung eigentlich gar nichts tut, sondern alles nur liegenläßt. Dieser Stillstand erscheint nachher den gemeinem Augen als ein Bubenstück, die Zeit macht zufällig daraus etwas Gutes oder Böses, woran Geist und Wille nicht den mindesten Anteil haben.

Sintmal: Lieber Freund, das ist so eine Art von brillanter Philosophie, die Sie selbst nicht glauben, so ein Kotzebuisch Wesen, das nicht Stich hält, wenn man es genauer betrachtet. Schöne Seifenblasen, auf denen die Farben aber vorübergehend sind, und das ganze Ding von einem Windstoße zerplatzt.

Ich: Nehmen Sie es, wie Sie wollen, so ist dies doch menschlicher, als Ihre Behauptung.

Martin: Menschlicher? – Weil die guten Menschen darunter leiden müssen, wenn man sie mit Schurken in *eine* Klasse wirft? Nur ein Schurke kann dies wünschen, und es ist auch Ihr Ernst nicht, lieber Schwiegersohn.

Ich: Ach, was können wir Ernst nennen? – dieser Unbekannte hat mich gerührt, und darum spreche ich jetzt gerade so, ich weiß nicht, ob ich Ihnen nicht morgen recht geben kann, denn ich hatte selbst manches an ihm bemerkt, das mir auffiel, ich wollte mir aber dies Mißfallen nicht gestehn, weil es mir schlecht vorkam, einen unbekannten Elenden sogleich beim ersten Anblick mit seiner Meinung zu verfolgen.

Sintmal: Nun ja, da haben wir's. Die liebe Eitelkeit also? – Um sich selber nur recht edel vorzukommen, ließen Sie auch bei dem andern fünfe gerade sein?

Martin: Wenn mir ein Mensch nicht gefällt, so kann ich's nicht unterdrücken, ich muß es mir merken lassen, ich mag nun recht oder unrecht haben. Und so dächt ich, gäben wir diesem Vogel zu verstehn, daß er sich nur wieder fortmachen könne.

Sintmal: Ja wohl, denn sonst kommen wir alle noch in das Buch hinein, das er von sich herausgeben will.

Ich: Bewahre! ich habe ihm einmal versprochen, daß er eine Zeitlang hier sein kann, und so mag er denn auch bleiben.

Martin: Nun, in Gottes Namen! wenn es uns nicht noch gereut.

Ich: Etwas Gutes muß man sich nie reuen lassen.

Martin: Was ist gut?

Ich: Das sollte man nie fragen.

Martin: O mit Euren spitzfindigen Antworten! – Solche Kerls, wie mein Schwiegersohn, fallen immer wie die Stehaufs und die Katzen auf die Beine, man mag sie auch herumwerfen, wie man will.

Zehntes Kapitel
Eine Vorlesung

Der Amtmann Sintmal hatte jetzt gerade Zeit, und er blieb daher einige Tage bei mir. – Der Unbekannte war bei unserm Frühstücke gegenwärtig, wir hatten ihn vorher im Garten schreiben sehn, und er bat jetzt um die Erlaubnis, uns das Geschriebene vorlesen zu dürfen. Er las hierauf folgendes Gedicht:

> Wo seid ihr hin, ihr schönen Ideale,
> Ihr goldnen Spiele meiner Jugend Lust?
> Sie ist geleert, die süße Nektarschale
> Der Phantasie! und kalt ist meine Brust!
>
> Ich tapp umher, und kann es nicht erlangen,
> Was ich besaß – es schwebt mir wie im Traum: –
> Ich irre, dumpf – von öder Nacht umfangen –
> Und meine Freunde kennen mich noch kaum. –
>
> Wer war ich einst? Wer bin ich jetzt? O Schande!
> War *ich's*, der *mein* Gefühl im Dichter las?
> Er spricht mir jetzt von einem fremden Lande –
> O wehe, daß ich Mensch zu sein, vergaß! –
>
> Ach! führe mich zu deiner Himmelsquelle,
> Du, vormals meine Göttin, Phantasie,
> Zu jener heitern, schönen Ruhestelle,
> Die meine frohe Jugend mir verlieh.
>
> Und mächtig greif in die verstummten Saiten,
> Die einst Natur in meinen Busen zog –
> Und schließe wieder auf die Göttlichkeiten
> In meiner Brust, um die ich mich betrog. –
>
> Vergebens! ach! sie höret nicht den Armen,
> Der einmal nur ihr Feenreich verließ:
> Nie wieder wird an ihrer Sonn erwarmen,
> Wer sich von ihr in kalte Nacht verstieß. –
>
> Es ist dahin! – Nun, Himmel! nun so türme
> Mir Leid und Trübsal auf, die Herzen regt,
> Und jage mich durch Ungewitterstürme,
> Daß mein Gemüt nur endlich Wellen schlägt!

Ich fand die Arbeit sehr gut, und weil mir das gestrige Gespräch über den Fremden noch im Kopfe lag, übertrieb ich manches.

Sintmal stimmte mir im ganzen bei, nur mag er gern die Sachen so lange beschneiden und beschränken, aus Furcht zu viel zu sagen, daß er manchmal am Ende gar nichts sagt. – Mein Schwiegervater hatte gegen das Gedicht vieles einzuwenden.

»Es ist alles recht hübsch gesagt«, fing er an, »aber es sind am Ende doch mehr gereimte Worte, als ein eigentliches Gedicht.«

Ich: Aber warum wollen Sie es kein Gedicht nennen?

Martin: Ich kann es selbst nicht so eigentlich sagen, allein es ist mir ein gewisses gesuchtes Wesen, eine erzwungene Pracht darin. Die Empfindung ist vielleicht natürlich und ungesucht, allein die Ausdrücke sind so weit hergeholt. Ich kann es überhaupt gar nicht leiden, wenn man die Poesie immer nur für eine übersetzte, affektierte Prosa hält, sie müßte so natürlich sein, daß man meinte, es könnte und müßte gar nicht anders geschrieben werden. Aber da sitzt mein

Sohn und zerbeißt sich oft die Finger, und statt lieber nicht zu schreiben, quält er sich so lange, bis er endlich ein Gedicht hervorgebracht hat, das denn doch wirklich in Versen abgesetzt ist.

Sintmal: Aber die Natur macht es doch nicht allein aus, es muß denn doch auch Kunst darin stecken.

Martin: Die Kunst kömmt mir immer gerade so vor, wie die Gedichte, die ich in einem ganz alten Buche in der Form von Weingläsern oder Holzäxten gesehn habe; es reimte sich alles auf eine wunderbare Weise, und die Worte brachten ordentlich die Figur heraus, aber es kam mir doch mehr albern, als kunstmäßig vor.

Sintmal: Man kann auch vielleicht die Natürlichkeit zu sehr lieben.

Martin: Das kann ich unmöglich glauben.

Sintmal: Und die Kunst muß am Ende von der Natur abweichen, um Kunst zu sein.

Martin: Es ist möglich, und dann bin ich kein Kunstfreund.

Ich: Ebensowenig ein Kritiker.

Martin: Ei bewahre, nur ein simpler Mensch, der gern etwas Gutes lieset.

Ich: Aber eben den Begriff des Guten – wir drehen uns da in einem Zirkel.

Martin: Wir wollen lieber spazierengehn.

Wir durchstrichen hierauf den Garten und die schönen benachbarten Wiesen.

Das Abendessen war schon vorüber, als wir noch beisammen saßen, und uns über mancherlei Dinge unterredeten. Es war wieder Regenwetter eingefallen, und schwarze Wolken zogen über die Berge hinweg, der Wind winselte um die Ecke des Dorfes, kurz, es war eine schaurige Zeit, in der man sich gern in einem Winkel des Zimmers zusammenkrümmt, und entweder den Flug der Wolken betrachtet, oder liest, oder sich wunderbare Geschichten erzählt.

Ohne daß wir es bemerkten, wandte sich das Gespräch auf die Existenz der Geister; Sintmal und Martin schüttelten über den Gegenstand des Gesprächs die Köpfe. Mein Schwiegervater erzieht nämlich noch immer an meiner Frau, er sieht es daher ungern, wenn in ihrer Gegenwart von solchen Sachen gesprochen wird, weil er meint, es könnten ihr dadurch seltsame Vorurteile beigebracht werden, und weil er sich noch überdies bei Erzählungen von Gespenstergeschichten fürchtet, so sind sie ihm im höchsten Grade zuwider. Sintmal mag sie im Grunde sehr gerne anhören, aber wenn nach seiner Meinung vernünftige Leute zugegen sind, schämt er sich dieses Vergnügens. Als ich daher an diesem Gespräche lebhaften Anteil nahm, saßen beide, wie gesagt, mit dem Kopfe schüttelnd, da, und betrachteten mich mit einiger Verachtung von der Seite.

Der Fremde riß das Gespräch an sich, und da er durch meine Reden schon dreister geworden war, behauptete er, ohne Zurückhaltung, er sei vom Dasein der Geister überzeugt, und er habe das vollkommenste Recht zu dieser Überzeugung. Unsre Aufmerksamkeit ward gespannt, und er fing folgendergestalt an:

»Als ich auf meiner Flucht mich an einem Abende einem Dorfe näherte, sah ich in einiger Entfernung einen alten Mann auf mich zukommen. Es dämmerte, und ich muß gestehn, daß mich diese seltsame Gestalt schon in der Entfernung erschreckte. Als ich näher kam, bemerkte ich, daß ihm ein großer grauer Bart über die Brust hinabfloß, der ihm ein äußerst ehrwürdiges Ansehn gab. Er fuhr mit den Händen in der Luft herum, und machte seltsame Gebärden, woraus ich schloß, daß er wahnsinnig sein müßte. Ich kam ihm ganz nahe, und, um meine Furcht zu verbergen, fragte ich ihn nach dem Wege.

›Ich habe keinen Weg‹, antwortete er.

›Keinen Weg?‹ fragte ich erstaunt.

›Niemand kennt seinen Weg; es ist Einbildung, daß wir vorwärts gehn.‹

›Einbildung?‹

›Nichts weiter.‹

›Wer bist du? Wie heißest du?‹

›Ich habe keinen Namen.‹

›Keinen Namen?‹

›Wozu? Ich glaube, ich bin ein Mensch, und daran ist es mir genug.‹

›Du erschreckst mich.‹

Der Alte lachte laut auf, und pfiff dann eine bekannte Melodie.

›Entsetzlicher!‹ rief ich aus.

›Narr!‹ antwortete jener.

›Wo kommst du her?‹

›Ich weiß es nicht.‹

›Wohin gehst du?‹

›Das kümmert mich nicht.‹

Ich wollte fortgehn. – ›Halt!‹ rief er mir zu; ›in dieser Nacht wirst du etwas Großes erfahren.‹

›Etwas Großes?‹ fragte ich.

›Frage nicht‹, antwortete er, ›sondern sieh und denke.‹

›Wozu denken?‹

›Um nicht zu verzweifeln.‹

›Verzweifeln?‹

›Weil du ein Sterblicher bist.‹ –

Nach diesem seltsamen Gespräche trennten wir uns, das ich gern noch länger fortgesetzt hätte, um mehr von ihm zu erfahren.

Ich kam im Dorfe an: es war schon gegen Mitternacht. Man führte mich in ein schlechtes abgelegenes Zimmer, und ich fürchtete mich in der Einsamkeit. Ein feuchter Wind zog durch die Gebüsche und winselte um die Ecke des Hauses; ich konnte unmöglich schlafen, sondern öffnete das Fenster, und sah nach den Sternen und den ungeheuern Wolken, die durch den Himmel zogen. –

Auf einmal erblickte ich im nahe liegenden Walde etwas Weißes, das ich, trotz aller Anstrengung, nicht genauer unterscheiden konnte. Der Schimmer schwebte näher, und immer näher, es war wie ein Wolkenstreif; jetzt nahm er eine Gestalt an, wie die Bildung eines Menschen, und seine Bewegung ward immer schneller. Ein kaltes Entsetzen ergriff mich, und nun war mir die Gestalt so nahe, daß ich *Adelaiden* erkannte. Wie mit einer eiskalten Hand berührte es mein Gesicht, und seufzte in bangen, gebrochenen Tönen: ›Ich bin gestorben, folge mir bald nach.‹ –

Ich stürzte zusammen, und erwachte nur erst spät am Morgen von meiner Betäubung.

Daher bin ich überzeugt, daß sie tot ist, und es bleibt mir nun nichts weiter übrig, als auch zu sterben. Der Himmel möge mich bald diesem elenden, irdischen Getümmel entrücken!«

Als er mit diesem Stoßgebete seine wunderbare Geschichte beschlossen hatte, stand er auf, und ging mit einer feierlichen und langsamen Bewegung auf sein Zimmer, indes wir ihm alle, ohne ein Wort zu sprechen, nachsahen.

Zwölftes Kapitel
Kritik des vorigen Kapitels

Es geschieht zuweilen, daß verschiedene Personen dasselbe tun, aber aus ganz verschiedenen Bewegungsgründen. Ich war still und nachdenkend, weil ich nun fand, daß man in der Geschichte des unbekannten Unglücklichen gar nichts einmal hinzuerfinden oder -lügen dürfe, um sie äußerst interessant zu machen. Es war alles so vortrefflich zugeschnitten, daß dem Leser fast gar nichts mehr zu wünschen übrigblieb: ich fand es überdies äußerst wahrscheinlich, daß, wenn der seltsame Fremde nur noch einige Zeit fortlebte, er ohne Zweifel noch mehrere Erscheinungen, so wie andre Unglücksfälle, erleben würde, denn er stand jetzt erst in der unentwickelten Mitte seiner Geschichte, sein Einkehren bei mir mußte etwa den zweiten Teil beschließen, dann mußte er ein Stück weiterleben, und sein Biograph mußte dann zur Fortsetzung nach einer neuen Feder greifen.

Hannchen war stumm, weil sie nicht wußte, was sie aus der Erzählung machen sollte. Sie überlegte den Zusammenhang der Geschichte, und dachte über den, der sie erzählt hatte, und sobald sie über etwas in Zweifel ist, ist es ihr unmöglich zu sprechen. Viele Leute sprechen in diesem Zustande am liebsten, weil sie dann eine recht dauerhafte Materie des Gespräches haben.

Sintmal hatte eben bei sich ausgemacht, daß man die ganze Erzählung des Fremden sehr gut psychologisch erklären könne, ohne auch nur einen einzigen Umstand abzuleugnen: er glaubte, daß es eine recht interessante Abhandlung für die Erfahrungsseelenkunde werden könnte, wenn man sich die Mühe geben wollte, alles recht umständlich auseinanderzusetzen. Der Unglückliche sei auf der Reise voll von trüben Vorstellungen gewesen, ein Wahnsinniger sei ihm begegnet, und habe alles das wirklich zu ihm gesprochen, was er erzählt habe, dies habe ihn noch mehr erhitzt, die Vorstellung, seine Geliebte sei gestorben, sei nun bei ihm recht lebendig geworden, und so habe sich auf die natürlichste Art jene wunderbare Erscheinung erzeugt.

»Ach was!« rief mein Schwiegervater aus; »wer wird sich hier noch mit einer vernünftigen Erklärung abquälen wollen: gewisse alberne Dinge sollte man niemals vernünftig anzusehen suchen, denn je mehr man sich diese Mühe gibt, je dummer werden sie. Weit kürzer ist es, daß ich alles für eine abgeschmackte Lüge halte, für ein schlechterfundenes Märchen, wie es schon in tausend und tausend schlechten Büchern steht. Dieser Mensch ist ein Kerl, der gern alles erlebt haben will, und weil das in dem Alter nicht möglich ist, so will er sich mit seiner Phantasie nachhelfen, so gut er kann, und weil ihm auch davon Gott nicht viel hat zukommen lassen, so versteht er es nicht einmal, seine Erfindungen wahrscheinlich zu machen. Weil wir ihn so geduldig anhören, wird er mit jedem Tage unverschämter werden, er wird unserm Verstande immer mehr bieten, weil der es sich bieten läßt; er hat das Sprichwort im Kopfe, auf einen groben Klotz gehört ein grober Keil.«

Sintmal: Sollte ein Mensch so unverschämt sein können?

Martin: Nichts natürlicher, denn wir sind es zu wenig: je blöder man mit Menschen von dem Schlage umgeht, je dreister werden sie selbst. Er wird uns nächstens erzählen, daß er Geister beschwören könne, und ich wette, daß wir alle wieder ganz still sitzen, und tun, als wenn wir es glauben; besonders hat mein Schwiegersohn immer einen verdammten Respekt vor solchen Windbeuteln; über Bücher, die so geschrieben sind, lacht er, und wenn ihm nun gar ein Mensch aus einem solchen abgeschmackten Buche in den Weg kömmt, so hält er ihn ordentlich für was Rechts.

Ich: Es ist sehr wahr, daß ich oft jemand zu sehr achte, bloß, um nicht in die Gefahr zu geraten, ihm Unrecht zu tun.

Martin: Aber das andere ist ja noch schlimmer, es ist gerade, wie viele Leute ihre Kinder erziehn.

Ich: Aber was soll ich tun?

Martin: Solchen Leuten zu verstehen geben, daß man sie nicht leiden kann, oder es ihnen geradezu ins Gesicht sagen. – Wenigstens *ich* muß meinem Ärger Platz machen, wenn er noch einmal mit solcher Geschichte angezogen kömmt; ich werde ihm dann sagen, daß wir das alles schon irgendwo gelesen haben.

Sintmal: Es scheint mir auch am Ende so ein Bücherwurm zu sein, der aus schlechten Romanen seine Nahrung zieht, und daraus seinen Charakter distilliert.

Martin: Ganz recht; nichts weiter ist er. Das ganze Gespräch mit dem Alten ist ja, als wenn es aus dem einen konfusen ägyptischen Buche abgeschrieben wäre; – ich kann mich nicht auf den Namen besinnen. –

Sintmal: Welches meinen Sie?

Martin: Wir fingen es einmal an zu lesen, weil uns der Prediger drüben gesagt hatte, es kämen so viele geheime und bedeutende Winke darin vor. – Je, es ist so ein gewisser wunderlicher Heiliger darin: – mich dünkt, es heißt, *die Obelisken.*

Sintmal: Ach, Sie meinen die Pyramiden.

Martin: Nun, Obelisken oder Pyramiden, ich habe nicht weit darin lesen können. – Da kommen viele solche interessante Gespräche vor, wo einer dem andern immer das Wort aus dem Munde nimmt, und man am Ende nicht weiß, was beide wollen. Solche Dialoge füllen die Seiten in den Büchern recht hübsch, und es liest sich wenigstens rasch weg.

Sintmal: Es ist eine gewisse neue Art zu sprechen, die man jetzt in vielen Büchern findet. Sie heißen's den kurzen, lebhaften Dialog. –

Es war indes schon spät geworden, und jedermann ging schlafen.

Dreizehntes Kapitel
Bekenntnisse

Nachdem einige Tage verflossen waren, reiste mein Freund Sintmal wieder fort, weil ihn seine Geschäfte abriefen. Unser Abschied ist immer so zärtlich, als wenn wir uns in sehr langer Zeit nicht wiedersehn würden: er saß wieder auf seinem geliebten Pferde, und trat die Rückreise mit vieler Zufriedenheit an.

Bald darauf kam der Unbekannte auf mein Zimmer und bat mich um eine Stunde Gehör, weil er mir allein etwas zu eröffnen habe. Ich war auf seinen Vortrag begierig, und er fing auf folgende Art an:

»Sie haben doch ohne Zweifel die *Confessions* des *Jean Jaques* gelesen?«

»O ja.«

»Und was sagen Sie dazu?«

»Das Kürzeste, was ich sagen könnte, wäre, daß ich nicht recht weiß, was ich dazu sagen soll.«

»Sie werden doch aber nicht zu jenen Elenden gehören, die nach diesen Bekenntnissen jenen großen Mann für einen Verworfenen halten? – Ich darf Ihnen also wohl gestehn, daß tausend unbeschreibliche Empfindungen, tausend qualvolle Erinnerungen und unwiderstehliche Ahndungen, ja das ganze Heer jener unbegreiflichen und unsichtbaren Wesen, die so oft unsre Handlungen gegen unsern Willen lenken, mich bewogen, Ihnen nicht meine Geschichte zu entdecken, sondern Sie mit einigen kleinen Erfindungen zu hintergehn.«

O Schwiegervater! Schwiegervater! seufzte ich aus tiefer Seele, und wagte es nicht, die Augen aufzuschlagen.

»Aber«, fuhr jener fort, »ich schäme mich jetzt selbst jener Kleinmütigkeit, und daß ich zu einem edlen Manne so wenig Zutrauen fassen konnte. Ich will mich daher selbst bestrafen, und Ihnen jetzt weitläuftig meine wahre Geschichte erzählen. Wenn Sie unbillig sind, werden Sie mich vielleicht nach meinen Geständnissen noch mehr verachten, als Sie es jetzt schon tun; aber ich will es darauf wagen. –

Ich komme von der Stadt – –«

»Halt!« rief ich aus: »Ihre Geschichte, die Sie mir jetzt erzählen wollen, sei nun wahr, oder falsch, so mag ich sie nicht hören. Ich könnte Ihnen, wie Sie sagen, Unrecht tun, und darum verschonen Sie mich lieber damit.«

Ich drehte mich unwillig um; der Unbekannte machte noch einige Einwendungen, da er aber sah, daß sie nichts fruchteten, verließ er endlich mit einer tiefen Verbeugung das Zimmer.

»Bin ich nicht ein großer Mann!« rief ich aus, und ging in der Stube auf und ab. – »Kann ich mich denn nicht von jener Sucht losmachen, alles immer anders finden zu wollen, als die übrigen Menschen? Muß ich immer bei den simpeln Leuten in die Schule gehn, und so teures Lehrgeld bezahlen? – Wie wird mein Schwiegervater triumphieren! – Und nun weiß ich überdies nicht einmal, wie ich den fatalen Menschen loswerden soll. – So geht es, wenn man Bücher schreibt, und durchaus immer neue schreiben will: der Mensch wäre mir sonst gleich wie ein Narr vorgekommen, aber nun hat er mich zu einem weit größern gemacht, als er selber ist.« –

Ich konnte mich gar nicht über mich selber zufriedengeben, ich war mir bis dahin edler und besser vorgekommen, als andre Menschen, weil ich einen unglücklichen Flüchtling in Schutz genommen hatte; ich bewunderte an mir die größere Toleranz, die zarte Fähigkeit, mich in jede fremdartige Seele zu versetzen: und nun erschien mir alles als eine Albernheit, als eine leere Großsprecherei vor mir selber; ich fand es am Ende nicht mehr so verächtlich, daß der Mensch mir so dummes Zeug vorgelogen hatte, weil ich mich selbst mit ähnlichen Abgeschmacktheiten getäuscht hatte.

Ist man erst einmal mit diesen Empfindungen im Gange, so treibt man auch die Feindschaft gegen sich selbst zu weit.

Nach zweien Tagen war der Unbekannte aus unserm Hause verschwunden, ohne von uns Abschied zu nehmen; auf seinem Tische lag ein Gedicht im freiesten Silbenmaße, worin er behauptete, daß ihn die Sterne weiterriefen, und er ihrer großen Gewalt nicht widerstehn könne.

Wir wunderten uns darüber, aber noch mehr, daß er meinem Schwiegervater eine ansehnliche Summe von harten Talern gegeben hatte, für die er sich von ihm Gold hatte wechseln lassen.

Vater Martin war voller Freude, daß er mit seiner Meinung doch recht gehabt hätte; er setzte sich noch an demselben Tage nieder, und berichtete den ganzen Vorfall sehr weitläuftig seinem Freunde Sintmal.

Vierzehntes Kapitel
Ein äußerst unruhiger Tag

Ich ritt nach acht Tagen ohngefähr wieder nach der Stadt, von der ich schon einmal in diesem Teile gesprochen habe. Mein Schwiegervater war schon am vorigen Abende hingefahren, weil er mancherlei Geschäfte abzumachen hatte.

Kaum war ich in der Stadt angekommen, als ich zu meinem Leidwesen bemerkte, daß ich gerade einen sehr unglücklichen Tag ausgewählt hatte. Ich hatte unterdes meine Theorie von den unruhigen Tagen ganz vergessen, sie war mir als eine abenteuerliche Chimäre vorgekommen, und ich war daher ohne alle Vorsicht, ohne Nachdenken von meinem Hause abgereist.

In allen Straßen ward ich gedrängt und gestoßen. Mein Pferd ward scheu, und die Wache wollte mich durchaus arretieren, weil es die Trommel vom Bock herunter und in die Gasse geworfen hatte. – Nachher ritt ich in einige Brauerwagen hinein, daß ich mich gar nicht wieder zurückfinden konnte. Ein Lumpensammler betäubte mich mit seiner Pfeife so, daß ich beinahe aus dem Sattel in die Obstkörbe einiger Bäuerinnen fiel.

Auf den öffentlichen Plätzen schlug sich der Nährstand mit dem Wehrstand; ersterer behauptete, letzterer habe ihm etwas gestohlen: die Zuschauer waren teils für diesen, teils für jenen parteiisch, und auch ihre Händel wären bald in Tätlichkeiten ausgeartet.

Ich suchte in der Angst in einem Gasthofe einzukehren, aber alle öffentlichen Örter waren besetzt: zum Überfluß kam mir nun noch ein Zug von Seiltänzern und spanischen Reitern mit einer lauten Musik entgegen, unter welche mein Pferd hineintrabte, und sie durchaus nicht eher wieder verlassen wollte, bis sie die ganze Stadt durchzogen hatten, und dann nach ihrem Gasthofe zurückkehrten. Hier fand ich noch ein kleines Zimmer, und ich glaubte nun, alle Mühseligkeiten überstanden zu haben.

Als ich nach dem Mittagsessen wieder ausging, hörte ich auf den Straßen ein gewaltiges Geschrei. Eine Menge von Gassenjungen liefen umher, und konnten nicht laut genug jauchzen. Ich erkundigte mich, was es denn gäbe, und man schrie mir entgegen: »Sie haben ihn, sie haben den falschen Münzer!« –

Ich sah jetzt die Wache aus der Ferne kommen, die von so unzähligen Leuten begleitet ward, daß ich den Missetäter gar nicht herausfinden konnte. – Der Zug ging nun an mir vorüber, und zu meinem größten Erstaunen sah ich meinen *Schwiegervater Martin* nach der Wache bringen.

Und hier muß ich nun vors erste die Geschichte dieses Teils beschließen; ich tue es bloß, um den Leser auf den folgenden desto neugieriger zu machen.

Funfzehntes Kapitel
Ein Brief

Ich will dem Leser nur noch einen Brief mitteilen, den ich vor einiger Zeit erhielt, damit er daraus sehe, welch ein bekannter und angesehener Mann aus mir wird. Ich habe schon mehr Leute gesehn, die Briefe, die sie von gekrönten Häuptern oder vornehmen Personen bekommen, unter Glas und Rahm fassen lassen, und zu jedermanns Erbauung in ihre Putzstube aufhängen. Ich habe mit nachfolgendem Briefe dasselbe getan, aber ich will ihn hier noch zum Überfluß abdrucken lassen, damit ihn auch alle diejenigen lesen können, die sich nicht die Mühe geben wollen, mich zu besuchen.

Hochedelgeborner Herr!

Ich bin sehr erfreut, daß ich durch Dero Buch die Bekanntschaft von Ew. Hochedlen gemacht habe. Ich muß Denenselben nämlich zu wissen tun, daß ich mich von Jugend auf einer vernünftigen Aufklärung beflissen habe, ich lese daher nicht alle Bücher ohne Ausnahme, sondern nur die guten. Es wird Denenselben bekannt sein, daß Ihre Lebensbeschreibung in Wien verboten ist, und da ich nun eigentlich nur die verbotenen Bücher lese, so war es gleich mein erstes Geschäft, mir den ersten Teil des Peter Lebrecht, zugleich mit den grauen Brüdern und andern vortrefflichen Werken, kommen zu lassen. Ich ersah aus Dero Geschichte, daß Dieselben eigentlich ein Edelmann sind, ich war daher lange ungewiß, wie ich Sie anreden und titulieren sollte, doch, da Sie den Adel wieder abgelegt haben, und durch Ihre *Mesalliance* zeigen, daß Sie ihn fast nicht achten, so habe ich endlich doch nach vielem Bedenken die bürgerliche Anrede gewählt, wodurch ich aber Dieselben auf keine Weise habe beleidigen wollen.

Ich will aber zum Zwecke meines Schreibens kommen. Ich habe aus Ihrem Buche gesehn, daß Sie ein Mann von ungemein großen Talenten sind, daß Sie vernünftig und aufgeklärt denken, und einen angenehmen und zugleich lehrreichen Stil in Ihrer Gewalt haben. Mich dünkt, die Nürnberger gelehrte Zeitung hat auch ein ähnliches Urteil gefällt, ich kann also um so sichrer sein, daß ich nicht auf falschen Irrwegen wandle. Neulich sah' ich hier ein Werk in Folio, mit sehr vielen ausgemalten Kupfern; ich glaube, es war eine sogenannte *Flora* oder *Fauna*, wo sich ein Gelehrter die Mühe gegeben hatte, von Blumen, ihren Geschlechtern und Vorfahren ein weitläuftiges Wesen zu beschreiben. Nun hätt ich gar zu gern eine solche Fauna mit ausgemalten Kupfern und Wappenschildern von meiner eigenen Familie; ich habe in meinem Schlosse ein großes Archiv, und ich wollte eben Dieselben ersuchen, hieherzukommen, und allhier einen ähnlichen Folianten zu schreiben. Unter meinen Ahnherren waren große und denkwürdige Männer. Nur müssen sich Dieselben in diesem Buche vor dem scherzhaften und niedlichen Stile sehr in acht nehmen, sondern immer tief ins Große und Ernsthafte hineinzugehn suchen: denn Lachen hat seine Zeit, und auch die Würde hat ihre Zeit. So könnten Ew. Hochedlen der Geschichtschreiber meiner Familie werden; das Buch müßte so eingerichtet werden, daß es in Wien verboten würde, damit auch ebenso aufgeklärte und vernünftige Männer, als ich, es läsen und beherzigten, und indem ich Ihre Antwort erwarte, verharre ich

Dero Freund und Gönner,
Baron D.. zu F...frt., Erb- Lehn-
und Gerichtsherr auf G...

Sechzehntes Kapitel
Antwort und Beschluß an den Leser

Hochwohlgeborner Herr!

Über das Zutrauen, das Dieselben zu mir haben, so wie über den Beifall, den Sie mir schenken, bin ich unendlich erfreut, nur tut es mir leid, daß ich nicht so glücklich sein kann, das gnädige Anerbieten des Herrn Barons anzunehmen, denn leider seh ich mich genötigt, zu erkennen, daß ich den großen und heroischen Stil nicht im mindesten in meiner Gewalt habe: ohne daß ich es bemerke, geht er oft ins Gemeine und Scherzhafte über. Ja, es ist mit mir so weit gekommen, daß mich das eigentliche Ernsthafte oft am allerlächerlichsten dünkt, und daß ich in manchen Stunden unter der komischen und betrübten Darstellung keinen Unterschied zu machen vermochte. Daß eine solche Lebensbeschreibung in Wien verboten würde, wäre sehr leicht zu bewerkstelligen, ja, es sollte mir selbst keine Mühe kosten, es dahin zu bringen, daß man es noch in manchen andern Ländern nicht lesen dürfte, so, daß dieses Werk dadurch ein äußerst kostbares und unvergleichliches Werk würde, aber, wie gesagt, der historiographische Stil steht nicht in meiner Macht. Dero Ahnherrn aber haben vielleicht manches Gute und Vortreffliche bewerkstelligt, Länder angebaut, und Tausende von Menschen glücklich gemacht: damit also diese Geschichten nicht verlorengingen, so möchte ich wohl so frei sein, mir manches davon als einen Beitrag zu meinen neuen *Volksmärchen* auszubitten. – Ich verharre in der tiefsten Ergebenheit

Ew. Hochwohlgeborn

ergebenster
Peter Lebrecht.

* **

An den Leser

Hier schließe ich nun den zweiten Teil meiner Geschichte, wer von Ihnen den Fortgang erfahren will, wird sich wohl zum dritten hinüberbemühen müssen, in welchem man außer der Gefangenschaft meines Schwiegervaters noch die wahrhafte und äußerst interessante Historie antreffen wird, wie und auf welche Art sich mein Freund Sintmal verliebte. Ich hoffe auch, bis dahin manches Merkwürdige zu erleben, so, daß der dritte Teil ohne Zweifel sehr gelesen zu werden verdient.

Da ich noch so bald nicht zu sterben denke, so hatte ich erst, da ich um mich her so viele Journale aufwachsen sah, den Vorsatz, meine Geschichte in der Form eines Journals monatlich herauszugeben, so wie der *Apollo* nichts als Ritter- und Geistergeschichten enthält; ich hätte dann weit mehr in ein genaues und interessantes Detail gehn, und jeden Vorfall in meiner Familie sehr weitläuftig und umständlich berichten können; es wäre dann ein recht eigentliches Journal für Hausväter, und überhaupt für Leser in allen Ständen geworden. Meine Frau ist jetzt z. B. schwanger, ich erwarte in einigen Wochen ihre Entbindung, und wenn ich im Brandenburgischen lebte, so würden sich die Herausgeber der *Denkwürdigkeiten der Churmark* sehr freuen, den Namen meines Kindes, so wie den von allen Gevattern, aufgezeichnet zu finden, meine Geschichte gehörte dann gewissermaßen zu den Urkunden von den Preußischen Ländern. Jedes Journal zehrt auf seine Art von den Vorfällen des Tages, und so würde ich es mit meiner Familie gemacht haben, und wenn auch manchmal nichts vorgefallen wäre, so hätte ich dann manche Lüge von meinem Schwiegervater unter die Leute gebracht, und sie nachher im folgenden Stücke widerrufen und weitläuftig widerlegt. So hätte es mir gewiß am Stoffe nie gemangelt.

Ich wollte auch noch eine andre nützliche Einrichtung mit diesem Journale verbinden. Es fehlt den Deutschen bis jetzt immer noch an guten Satiren; ich tat mich daher mit einem gewissen *Gottschalk Necker* zusammen, der bis jetzt im *Archiv des Berlinischen Geschmacks* gearbeitet hat, und der sich seinen Lesern, ohne ihm zu schmeicheln, als einzig in der *Kunst schlecht zu schreiben* gezeigt haben muß. Er versprach mir viele Satiren, und in einem noch andern Silbenmaße, in dem er sich der Prosa noch mehr zu nähern bestreben wollte; er schrieb mir, daß er nun in seinen Satiren fast alle namhaften Männer in Berlin benannt hätte, er wollte nun auch zu andern Städten übergehn, so, daß seine Satiren zugleich als Namensregister berühmter Gelehrten gebraucht werden könnten. – Man kann sich einbilden, daß ich diesen Vorschlag mit beiden Händen ergriff, allein zu unserm Leidwesen wollte sich kein Verleger zu diesem Journale antreffen lassen, und so wird es dann wohl, hochgeehrte Leser, dabei bleiben müssen, daß Sie im dritten Teil die Fortsetzung meiner höchstwahrhaften Geschichte suchen müssen.